LE CAMION

Photo Jean Mascolo

MARGUERITE DURAS

LE CAMION

suivi de

ENTRETIEN AVEC MICHELLE PORTE

LES ÉDITIONS DE MINUIT

www.leseditionsdeminuit.fr

ISBN : 978-2-7073-0179-6

C'est par tradition que l'on considère le conditionnel comme un mode. On peut estimer qu'il est en réalité un temps (un futur hypothétique) du mode indicatif.

Le conditionnel proprement dit exprime un fait éventuel ou irréel dont la réalisation est regardée comme la conséquence d'un fait supposé, d'une condition. (...)

[Il est employé aussi] pour indiquer une simple imagination transportant en quelque sorte les événements dans le champ de la fiction (en particulier, un conditionnel préludique employé par les enfants dans leurs propositions de jeu).

Maurice GREVISSE,
Le Bon Usage, Éd. Hatier.

GÉNÉRIQUE :

PANORAMIQUE. *On part de la route nationale 12 à Pontchartrain (Yvelines). On arrive sur une place : le camion est là. Un trente-deux tonnes Saviem. Bleu. Avec remorque. Arrêté.*

UN ROND-POINT DANS LA ZONE INDUSTRIELLE DE PLAISIR. *Tout autour, terrains vagues. Roulottes.*
Au loin, la Z.A.C. (zone d'aménagement concerté).
Le camion est là. Moteur face à nous. Il démarre. Il avance vers nous, puis oblique. Ses roues balaient l'écran. Il disparaît. Réapparaît autour du rond-point. Disparaît. Rond-point vide.

Le film est commencé.

ZONE INDUSTRIELLE DE TRAPPES *(Yvelines). Travelling latéral. Chantiers. Collines de déblaiement. Bidonvilles. Puis des arbres à travers lesquels, au loin, Saint-Quentin-en-Yvelines.*

Voix off Marguerite Duras :
Ç'aurait été une route au bord de la mer.
Elle aurait traversé un grand plateau nu.
(Temps.)
Et puis un camion serait arrivé.
Il serait passé lentement à travers le paysage.
Il y a un ciel blanc, d'hiver.
Une brume aussi, très légère, partout répandue sur les terres, sur la terre.

*Silence. Et puis musique *.*

Un lieu sombre et clos. Les rideaux sont tirés. Des lampes sont allumées. Tapis. Glaces. C'est un lieu de séjour. À travers un rideau blanc, la lumière du jour. Le lieu a donc été fermé au jour. Une table ronde au

---

* Le mot désigne trois variations de Beethoven sur un thème de Diabelli. Ou ce thème lui-même.

centre du lieu. Deux personnes sont là, assises à la table : Gérard Depardieu et Marguerite Duras. Sur la table, des manuscrits. L'histoire du film est donc lue. Ils liront cette histoire.
On ne verra l'extérieur du lieu qu'une fois la nuit tombée.
Au cours du film, le décor changera, mais à l'intérieur du même lieu. Ce seront les objets : table, lampes, qui seront changés de place. Mais la lumière restera identique. Le mode de lecture aussi, feuillets à la main.
On peut appeler ce lieu : CHAMBRE NOIRE, *ou chambre de lecture.*
À l'exception du « off », tout le film se déroule dans ce lieu.
La circulation de la musique dans le film ne fera pas l'objet d'indications scéniques. Le manque de l'écrit à pouvoir rendre compte de sa présence doit rester tel.
Donc, ici, LA CHAMBRE NOIRE *qui commence :*

G. D. :
C'est un film ?

M. D. :
Ç'aurait été un film.

(Temps.)

C'est un film, oui.

(Temps.)

Le camion aurait disparu. Et puis, ensuite, serait réapparu.
On aurait entendu la mer, loin, mais très forte.
Et puis, au bord de la route une femme aurait attendu. Elle aurait fait signe. On se serait approché d'elle.
C'est une femme d'un certain âge. Habillée comme à la ville.

(Temps.)

Vous voyez ?

G. D. :
Oui. Je vois.

M. D. :
Aux alentours, il n'y a aucune habitation.
Elle porte une valise.
Elle monte dans le camion.
Le camion repart.
Et on quitte le bord de la mer.

G. D. :
On se trouve dans quel paysage ?

M. D. :
Indifférent :
La Beauce, peut-être, vers Chartres.
Ou bien dans les cités d'émigration des Yvelines.

ZONE INDUSTRIELLE DE TRAPPES.
Musique (thème Diabelli).
Travelling latéral.
Succession ininterrompue d'entrepôts, de magasins à grande surface, de panneaux publicitaires. Au premier plan, camions qui croisent.

Voix off M. D. :
C'est là qu'elle aurait commencé à regarder le paysage,
la mer, au loin,
la route,
le ciel blanc,
le froid,
la diversité des choses.
Et puis, elle chante.
Silence sur la fin du travelling.

LA CHAMBRE NOIRE.

M. D. :
On aurait vu la cabine du camion. Elle est obscure.
Le chauffeur et la femme qui est montée se taisent.
Leur assemblage est arbitraire, disparate.
(Temps.)
Vous voyez ?
G. D. :
Oui, je vois.
M. D. :
Ils sont face à la route. Cette route s'engouffre dans leurs regards.
(Temps.)
Il y aurait eu de la musique.
Et on aurait vu que la musique entendue dans le film était dispensée par la radio du camion.
(Temps.)
Dehors, la lumière aurait été plus claire qu'à l'intérieur, comme neigeuse.
(Temps.)
Le chauffeur et la femme auraient regardé

la lumière extérieure, la route, la nudité des terres, de la terre, un long moment.

(Temps.)

On aurait vu que sur la banquette-lit, au-dessus du siège de la cabine du camion, il y avait une masse sombre : c'est un homme. C'est le deuxième chauffeur du camion. Il dort. Il aurait dormi pendant tout le film.

(Temps.)

La situation commune entre le chauffeur et la femme, c'est celle-ci : lui, est dans l'exercice de son métier, et elle, elle est transportée par lui : mais tous deux sont face à la route.

Vous voyez ?

G. D. :

Je vois.

M. D. :

En commun, entre eux, cette route-là, ce paysage-là. Autour d'eux, ce froid, cet espace désertique, l'hiver.

Silence.

Aucune répétition du texte n'aurait été envisagée.

Silence.

G. D. :
Elle parle ?
M. D. :
Elle va parler, oui.
G. D. :
(Temps.)
Qui est-elle ?
M. D. :
Déclassée.
(Temps.)
Vous voyez ?
G. D. :
Oui.
(Temps.)
M. D. :
La seule donnée commune entre eux, c'est une certaine violence dans le regard. Face à ce vide devant eux, l'hiver nu, la mer.
(Temps.)
Le silence du début du film aurait représenté la première relation entre les personnages. Relation lointaine, presque indifférente, machinale.
Ç'aurait été une sorte de mise en place d'une relation à venir.

G. D. :
Cette relation aura lieu ?
M. D. :
(Temps.)
Peut-être jamais.
G. D. :
(Temps.)
Qu'est-ce que vous croyez ?
M. D. :
(Temps.)
Jamais.

ZONE INDUSTRIELLE DE TRAPPES. *Travelling latéral. Suite du premier travelling. Succession ininterrompue d'entrepôts, de magasins à grande surface, de panneaux publicitaires.*
Au premier plan, camions qui croisent.
Musique.

Voix off M. D. :
C'est là qu'elle aurait commencé à parler.
À parler de ce qu'elle voit, dehors.
Elle dit : que de choses à voir...
Tellement...

On est débordé... vous ne trouvez pas ?
Il ne répond pas.

Silence.

Elle ferme les yeux.
Elle parle encore.
Elle dit : ne croyez pas que je dorme.
C'est le contraire.

LA CHAMBRE NOIRE.

M. D. :
Le tournage du film aurait dû être rapide, voyez... Ne pas du tout s'étirer dans le temps.
Traîner.
Il aurait dû ne pas coûter cher. Sa nature même aurait appelé la pauvreté des moyens.
(Temps.)
Il nous était apparu en noir et blanc.
(Temps.)
Je lis ceci :
Voici qu'elle se met à chanter pour elle seule.
Elle regarde toujours face à elle.

Dehors, toujours, sublime nudité des collines de Beauce.
Ou bien :
Sublime désert d'une terre émigrée.
(Temps.)
Elle parle. Elle dit :
On ne peut pas dire que ce soit vraiment des collines, mais plutôt un bombement de la terre... à peine... regardez...
... comme un gonflement léger provoqué par des pressions internes... de l'eau, peut-être, des lacs... qui cherchent des issues... des sources... par où émerger... sortir, en quelque sorte...
(Temps.)
C'est frappant comme la terre cherche à inverser son ordre. Partout. Que son dedans, à son tour, devienne son dehors...
Ici, on est encore dans un mouvement à peine visible, qui commençait.
(Temps.)
Regardez : tout s'est arrêté alors que... au moment même... où le sommeil cessait...
Silence.

G. D. :
Qu'est-ce que vous croyez ?

M. D. :
(Temps.)
Comme vous : toute révolution impossible.
(Temps.)
Regardez. Elle parle encore.
(Temps.)
Elle dit :
Regardez : la fin du monde.
G. D. :
Qu'est-ce qu'elle montre ?
M. D. :
(Temps.)
Elle montre la mer.

NUIT. COLLINES DE DÉBLAIEMENT. *Terrains vagues cernés au loin par la Z.A.C. destinée à l'émigration. Aucun arbre. Désert. Au centre du désert le magasin à grande surface « Auchan », illuminé : plusieurs hectares de surface de vente.*
Musique.

Voix off M. D. :
Elle aurait montré la mer.

(Temps.)

Elle dit : regardez : la fin du monde.
Tout le temps.
À chaque seconde.
Partout.
Ça s'étend.
Elle dit : c'est mieux, oui.
C'était tellement difficile... tellement... tellement dur... tellement...
C'est mieux comme ça.
Ça vaut mieux.
Ce n'était pas la peine, je crois, moi...

(Temps.)

Elle dit : avant, il y avait déjà la mer, ici.
Là, voyez.
Là.

(Temps.)

Il dit : vous parlez de quoi à la fin ?
Elle dit : je parle.

(Temps.)

Elle chante.
Elle ferme les yeux et chante.

LA CHAMBRE NOIRE.

M. D. :
Elle aurait parlé de beaucoup de choses, de la géographie des lieux traversés, de la fin du monde, de la mort, de la solitude de la terre dans le système planétaire, des nouvelles découvertes sur l'origine de l'homme.
Ces propos n'auraient jamais relevé d'une connaissance précise du problème abordé.
Elle aurait fait des erreurs – parfois énormes – sur... la science, la géographie, les dernières découvertes interstellaires.

ZONE INDUSTRIELLE DE VERRIÈRES *(Saint-Quentin-en-Yvelines). Travelling latéral. Une usine de camions. Puis, des terrains nus, puis, au loin la forêt.*
Musique.

Voix off M. D. :
Le camion s'est engagé sur une route à grand trafic.
Elle parle de Mars.
Elle dit : vous avez vu ? Sur la lune, rien.
Sur Mars, rien.

Saturne, rien.
Rien que des terres mortes, aseptiques, des sols stériles.
Il dit :
Sur Mars... rien ?
Elle dit : c'est vrai, je me trompe. Sur Mars, ils ont trouvé...
Elle dit : des pierres et du vent.
(Temps.)
Elle dit : c'est la nouvelle situation politique de l'homme.
Il demande :
Rapport à Dieu ?
Elle dit : oui :
Rapport au vide.
Regardez.

LA CHAMBRE NOIRE.

G. D. :
Ça finira comment, d'après vous ?
(Temps.)
M. D. (sourire) :
C'est peut-être fini.

Plan d'écoute des deux, de la musique

(thème de Diabelli). Ils attendent que cesse la musique...

G. D. (gaieté) :
Alors, vous disiez... que c'était... un camion... au bord de la mer ?...
M. D. (gaieté) :
Oui... C'est ça... une brume légère, partout... répandue...
G. D. :
Oui... des terres... la route... elle traverse un plateau nu et le camion passe... hein ?
M. D. :
C'est ça.
G. D. :
C'est ça, c'est ça... il traverse le tout... la mer, on l'entend... le bruit de la mer... loin... forte...
M. D. :
... Terrible... oui... terrible... le vent... personne ne peut résister au vent...

Silence. Joie de voir.

G. D. :
Qu'est-ce qu'elle dit, la femme qui est montée ?

M. D. :
Elle dit :
Que le monde aille à sa perte, c'est la seule politique.
G. D. et M. D. (ensemble) :
Que-le-monde-aille-à-sa-perte-c'est-la-seule-politique...
Silence.

G. D. et M. D. (joie) :
C'est ça...
Silence.

SUITE D'IMMEUBLES IDENTIQUES RÉCENTS, *Z.A.C. à Plaisir (Yvelines). Blancs. Uniformes. Balcons triangulaires. Au loin, la colline de déblaiement de la Z.I. Passage clouté. On s'arrête : Rien. Tournant. Puis, route droite. Rien.*
Musique.

Voix off G. D. :
Elle dit quoi encore, la dame ?

Voix off M. D. :
Elle dit : tout est dans tout.

Partout.
Tout le temps.
En même temps.
Silence.

Fin du travelling. Arrêt passage clouté.

Voix off M. D. :
Partout.
Tout le temps.
En même temps.
C'est là, devant nous sur l'écran.
C'est ce que je crois, moi.
Il demande :
Quel écran ?
Elle dit :
Là, devant nous :
La route.

LA CHAMBRE NOIRE.

M. D. :
Elle parle encore.
Elle dit : on n'y arrivera jamais...
G. D. :
Où ?

M. D. :
Eh bien...
Silence.
Vous êtes bien d'accord ? Jamais... ?
G. D. (Il acquiesce à ce qui n'est pas précisé) :
C'est-à-dire... peut-être vous avez raison...
M. D. :
Elle dit : C'est tellement... terrible... tellement dur... tellement dur... c'est le mot, je crois...
G. D. :
... Oui... je crois...
Silence.
M. D. :
Vous voulez une cigarette ?
G. D. :
Ça dépend desquelles...
M. D. :
Je ne fume que des Gauloises bleues...
(Temps.)
Et vous ?
G. D. :
Moi, des Stuyvesant *(prononciation à la*

française). ... Remarquez, c'est une question d'habitude...

M. D. :

(Temps.)

C'est vrai.

ZONE INDUSTRIELLE DE TRAPPES. *Travelling latéral. Collines de déblaiement. Bétonneuses. Immeubles en construction, béants. Puis des arbres, à travers lesquels, au loin, Saint-Quentin-en-Yvelines.*
Musique.

Voix off M. D. :
C'est là qu'elle aurait commencé à parler d'elle.
Qu'elle aurait commencé à dire reconnaître...
reconnaître ce qu'elle voit...
cette route...
cette région...
ces maisons,
ces gens...
cette existence...
cette couleur...
ce froid...

Il parle.
Il dit : vous mentez.
Personne n'a jamais habité ici.
Elle dit : c'est vrai... mais...
Il répète : vous mentez.
(Temps.)
Elle se tait.

LA CHAMBRE NOIRE.

G. D. :
Elle dit quoi, la dame ?
M. D. :
Elle dit les mots : prolétariat... classe ouvrière...
Elle dit : maintenant ils savent nommer leurs exploitants... leurs oppresseurs... lire... écrire...
G. D. :
Avant, ils ne savaient ni lire ni écrire. Maintenant, ils savent lire et écrire. Leurs connaissances, quant à leur sort, sont considérables.
M. D. :
Oui, leurs connaissances sur eux-mêmes sont considérables... Elle dit : quel progrès...

Fixe.
Éblouissant.
Fixé.
Mort.

(Temps.)

Elle dit : le prolétariat doit être supprimé et il le refuse.

Silence. Travelling avant vers les deux.

M. D. :
Ah, que j'ai été jeune un jour...
G. D. :
Hiroshima... Hiroshima...
M. D. :
Oui. Elle voulait mourir d'amour.
G. D. :
Elle est morte d'amour.
M. D. :
Oui.

(Temps.)

Et puis, elle a vécu.
Elle a attendu pendant dix ans, vingt ans, trente ans.
Cent ans.
Elle a vécu.

Silence.

G. D. :

Qui est-elle ?

M. D. :

Qui ?

G. D. :

La dame ? La dame du camion ?

M. D. :

Déclassée.

C'est la seule information.

Silence.

G. D. :

Pourquoi pleure-t-elle ?

M. D. :

(Temps.)

Cette histoire d'amour. Qu'elle aurait eue.

(Temps.)

Son corps, à elle, était son corps à lui, indissociable, de jour et de nuit – de son propre corps.

G. D. :

Avec qui ?

M. D. (sourire) :

Deux milliards d'hommes.

(Temps.)
G. D. :
Elle se trompait ?
(Temps. Sourire.)
M. D. :
Non.
Ce sont des égarements de la jeunesse.
De l'intelligence.
Silence.
M. D. :
Ça se passait dans des temps anciens, je crois.
On ne pouvait pas savoir encore ce qui se trouvait derrière la clarté des mots :
révolution,
lutte de classes,
dictature du prolétariat.
G. D. :
La clarté s'est obscurcie.
M. D. :
Oui. On ne lit plus rien.
On ne voit plus rien.
G. D. :
On ne pouvait pas savoir avant d'y aller que c'était vide.

Avant de faire une chose, comment savoir que ce n'était pas la peine de la faire... ?
(Temps.)
Ceux qui n'y sont pas allés, est-ce qu'ils le savent ?

M. D. :

(Temps.)
Non.

Silence.

G. D. :
Que fait le camion ?
M. D. :
Vous le voyez ?
G. D. :
Oui, je le vois. Infatigable.
M. D. :
C'est ça.
Il avancerait.
Il avance.
G. D. :
Oui.
(Temps.)
Tout le temps. Il traverserait des terres.
La terre.

M. D. :
Oui. Il aurait longé la mer aussi.
Des océans.
Infatigable, oui.

G. D. :
C'est lui qui nous aurait portés...

M. D. :
Oui. Regardez son parcours. Comme une trace. Une écriture :
Indéchiffrable. Et claire.

G. D. :
Il est de couleur bleue.

M. D. :
Il est de couleur bleue. Bleue, oui.

G. D. :
Oui.

ROUTE *vers Montfort-l'Amaury. Plaine. Brume. Froid. À perte de vue, terre à blé. Voici le camion. Il est vu de loin. Il s'éloigne. Traverse l'écran.*
Musique.

Voix off M. D. :
Elle parle de voyages qu'elle aurait faits dans des contrées uniformes.
Elle dit que ça ne dépend pas des contrées, ni de rien.
Il ne demande pas quoi dépend de quoi.
Alors elle répond à sa place.
Elle dit :
Moi je parlais de l'occupation du temps.
Silence.
Elle aurait parlé aussi d'une ville qu'elle aurait habité dans son enfance.
Loin du pays français.
Tropicale.
Elle dit : il y a un fleuve.
Elle dit s'en souvenir avec une précision éblouissante.
Il n'aurait pas demandé quelle ville.
Alors elle aurait parlé d'autres villes.
De plusieurs autres villes.
Silence.
Elle aurait dit : j'ai la tête pleine de vertiges et de cris.
Pleine de vent.
Alors, quelquefois, par exemple, j'écris. Des pages, vous voyez.

(Temps.)

Ou bien je dors.

Fin de la musique. Silence.

LA CHAMBRE NOIRE.

G. D. :
Où irait-elle ?
M. D. :
C'est-à-dire...
Il le lui demanderait peut-être...
Elle donnerait le nom d'une direction...
Vers la mer, il semblerait.
G. D. :
Il répondrait que c'est la sienne ?
M. D. :
Il répondrait à peine. Elle ne l'intéresse pas.

Silence.

Le principal est atteint dans le film :
Ils sont ensemble enfermés dans un même lieu : la cabine du camion.
Le chauffeur. Et la femme. La dame. La dame du camion.

G. D. :
Il ne lui demande pas qui elle est ?
M. D. :
Non. Il ne se demande pas qui elle est. Il ne demande rien... Il n'a rien à faire d'une femme d'un certain âge. Ses habitudes sont précises. Elles sont discriminatoires : une femme d'un certain âge, ce n'est pas intéressant.
Silence.

FORÊT. *Blanche de givre.*
Puis roues de camion qui roule, puis cabine du camion, vide.
Puis le pont de Verrières (Z.I.).
Musique (thème Diabelli).

Voix off M. D. :
Elle parle encore. Elle dit :
Vous transportez quoi ?

Voix off G. D. :
(Temps.)
Je sais pas. Des colis tout faits.
(Temps.)

C'est pour être embarqué.

Voix off M. D. :
Pour où ?

Voix off G. D. :
(Temps.)
Je sais pas.
Fin de la musique.
Silence sur l'exploration par la caméra de la cabine, vide, du camion, des sièges.

VERRIÈRES.

Voix off M. D. :
Elle dit : c'est drôle, les produits... les gens... Ça s'accumule, partout et, de temps en temps, ça s'en va, ça sort, ça va au-dehors, ça va faire des histoires différentes.

LA CHAMBRE NOIRE.

G. D. :
Qu'est-ce qu'elle fait sur cette route à attendre ?

M. D. :
Il y aurait eu plusieurs explications. Elle aurait pu aller d'un endroit à un autre pour des raisons personnelles ; par exemple, elle a une panne d'auto et elle doit se rendre dans sa famille, l'endroit est désert, elle arrête le premier véhicule qui passe...

(Temps.)

G. D. :
Ou bien ?
M. D. :
Rien. Le désœuvrement.

(Temps.)

Elle voyage.

Silence.

G. D. :
Quand elle monte dans le camion, le principal est donc atteint ?
M. D. :
Oui. Du fait qu'ils se trouvent enfermés dans un même lieu, pendant un certain temps, incarcérés, voyez, verrouillés, dans un même lieu, un certain temps, le principal

est atteint. Ils voient le même paysage. En même temps. À partir du même espace.

(Temps.)

Leur disparité aurait été l'objet même du film. Et leur enfermement dans la cabine du camion, l'espace premier.

Silence.

G. D. :

Entre elle et lui... le chauffeur et la dame... ?
Quoi ?
Que serait-il arrivé ?

M. D. :

Elle aurait parlé le temps du parcours, de temps en temps, voyez.
Du pays. Du vent. Des récentes découvertes de la science. De la difficulté des transports dans cette région-là.
D'un enfant nommé Abraham.
De l'amour.
Elle aurait dit tout à coup :
Il n'y a pas d'histoire en dehors de l'amour.

G. D. :

On lui demandait quelque chose ?

M. D. :

Non. Mais voyez, elle aurait été d'une certaine inconséquence, d'un certain décousu dans ses propos.

G. D. :
Ç'aurait été un film sur... l'amour ?

M. D. :
Oui. Sur tout.
Ç'aurait été un film sur tout.
Sur tout à la fois :
Sur l'amour.

ROUTE SECONDAIRE. *Terres à blé.*
Pas de texte.
Loin, camion vu. Il traverse l'écran.
Musique.

LA CHAMBRE NOIRE.

M. D. :
Je les vois enfermés dans la cabine, comme menacés par la lumière extérieure.
(Temps.)
J'ai l'impression que vous et moi aussi, nous sommes comme menacés par cette même lumière dont ils ont peur : la crainte que

d'un seul coup s'engouffre dans la cabine du camion, dans la chambre noire, un flot de lumière, voyez... La peur de la catastrophe : L'intelligence politique.

Silence.

G. D. :
Un militant, c'est quelqu'un qui ne doute pas.
M. D. :
C'est ça.
Mobilisé par des revendications de détail, celles qui doivent améliorer son sort, toutes de nature matérielle.
G. D. :
Matérielle...
M. D. :
Oui... logement meilleur... transports facilités... vacances moins chères : c'est là le principal de son combat.
G. D. :
Il en aurait parlé ?
M. D. :
Le chauffeur ? Non.
Il aurait trouvé que ce n'était pas la peine de parler.

Elle aurait parlé toute seule à peu près tout le temps.

G. D. :

Est-ce qu'il la voit ?

M. D. :

Non. Il ne voit rien.

Il est enfermé entre deux appartenances. Il ne voit qu'en fonction de celles-ci.

J'oublie de vous dire qu'elle aurait subi cette omnipotence-là, ce règne d'une classe posée en principe comme décidant du sort de toutes les classes.

Quand elle était jeune.

Et puis aussi après.

G. D. :

Leur aliénation aurait été égale ?

M. D. :

Oui, de ce fait, elle aurait été égale.

Silence.

M. D. :

Dernier avatar du Sauveur suprême, lui, le prolétariat.

Elle l'avait cru.

Sacré Dieu : le prolétariat.

Elle l'avait cru.

Personne n'a le droit de mettre en cause la responsabilité du prolétariat.
Elle l'avait cru.
Sous peine de blasphème contre la classe ouvrière, la responsabilité du militant ne doit jamais être remise en question.
Elle l'avait cru.
Personne n'a osé, personne n'ose plus mettre en cause la responsabilité de la classe ouvrière : blasphème.
Elle n'avait pas osé.
Pendant très longtemps.

Silence.

M. D. :
Et puis un jour elle a vu :
La complicité entre le patronat et le prolétariat.
Leur peur identique.
Leur but identique.
Leur même politique : retarder à l'infini toute révolution libre.
En chaque homme assassiner l'autre homme, le mutiler de sa donnée fondamentale : sa propre contradiction.

Silence.

Et puis, un jour, elle a vu.
C'était l'été.
Les pierrots, sur les chars, qui entraient à Prague.
(Temps.)

Vous vous souvenez peut-être ?
Ces hommes enfarinés, souriants, gentiment décervelés.
Ces nouveaux tueurs.
Ce résultat obtenu par la collusion entre le capitalisme et le socialisme.
Résultat dont ils étaient fiers.
(Temps.)

Depuis longtemps elle regardait sans voir.
Et puis, ce jour-là, elle a vu.
Silence.

G. D. :
L'angoisse n'est que matérielle.
L'angoisse est celle de la classe ouvrière.
Seule, cette angoisse-là d'ordre matériel, est digne d'être prise en considération.
Celle des autres ?

M. D. :
Celle des autres, rien :
Privilège de classe.

Silence.

Écoutez. Elle chante.
Elle ferme les yeux et elle chante.

FORÊT. *Panoramique.*
Au premier plan flaques d'eau verglassées.
Derrière, une forêt de bouleaux, blanche de givre.
Musique.
À la fin du panoramique, une route. Le camion. Il longe la forêt, traverse l'écran, très lent.

Voix off M. D. :
On entend la mer.
Loin.
Forte.
(Temps.)
Et puis elle aurait parlé d'autres villes.
De plusieurs autres villes.
Moins lointaines.
Entre des vignes... prises entre des vignes et des fleuves.
D'autres fleuves.
Elle aurait dit s'en souvenir moins précisément.

Il ne demande pas lesquelles.
(Temps.)
Elle chante.
Elle ferme les yeux.
Chante.

LA CHAMBRE NOIRE.

M. D. :
Elle parle : elle dit au chauffeur :
Vous êtes du parti communiste français.

G. D. :
Il lui dit : ça ne vous regarde pas.

M. D. :
C'est ça.
Elle lui dit : vous savez, Karl Marx, c'est fini.
Elle dit toujours les prénoms : Marcel Proust. Pierre Corneille. Léon Trotsky. Karl Marx...
... une manie...
Silence.

G. D. :
Il la regarde...

M. D. :
(Temps.)
Oui... c'est vrai.
G. D. :
Pour la première fois.
M. D. :
Il semblerait, oui...
G. D. :
Que pense-t-il ? Que dit-il ?
M. D. :
Il dit : j'ai compris.
Vous êtes une réactionnaire.
G. D. :
Que répond-elle ?
M. D. :
Rien. Elle rit.
(Sourires. Silence.)
M. D. :
Alors, il dit : j'ai compris. Vous êtes une évadée de l'asile psychiatrique de Gouchy.
(Elle lit.)
C'est ça, Gou-chy.
(Temps.)
G. D. :
Elle n'entend pas ?

M. D. :
Si, si. Elle répond :
(Sourire.)
Ah, vous connaissez ?...
Vous avez vu, ils ont agrandi les bâtiments du côté de la rivière, du côté sud, vers la descente.
C'est bien... Du côté nord, ça donne sur la forêt...
Il le fallait. C'était devenu trop petit depuis quelque temps...
Silence.

G. D. :
Il demande :
Vous faites de la politique ?
M. D. :
C'est ça... c'est ça.
Elle répond :
Non. Rien.
Je ne fais rien.
Je n'ai jamais rien fait.

ROUTE SECONDAIRE, *région de Chavenay (Yvelines). Terres à blé. Pas de texte. Le*

camion apparaît, loin, disparaît dans une descente. Traverse l'écran.
Musique (thème Diabelli).

LA CHAMBRE NOIRE.

M. D. :
Elle pourrait aussi aller chez sa fille qui vient d'avoir un enfant *.
Silence.
Elle dit :
Figurez-vous que ma fille vient d'accoucher et que ma voiture est tombée en panne le jour où je devais partir.
(Temps.)
C'est un garçon.
L'accouchement ne s'est pas trop mal passé.
(Temps.)
Comme mon neveu devait ce jour-là rejoin-

* N.B. : Le récit qui suit est, bien entendu, indéfiniment interchangeable. Mises à part, cependant, d'une part, les données géographiques du lieu décrit, ou, si on veut, les menaces latentes de la fin du monde, la force du vent, la mer toujours proche qui suit le voyage, et, d'autre part, les allusions à la naissance d'un enfant nommé Abraham et à la confusion mentale.

dre son frère qui habite le même endroit que ma fille, je me suis dit que je pourrais partir avec lui mais à une heure près ça n'a pas marché, il était déjà parti. Alors que faire ? J'ai pris le train pour rejoindre ma sœur, sans tarder, voyez, sans prévenir, et évidemment, lorsque je suis arrivée, personne, il n'y avait personne : une voisine m'a dit que ma sœur était partie voir une amie, pour la journée, et qu'elle ne reviendrait que le soir.
Alors j'ai décidé d'arrêter la première auto qui passait.
(Temps.)
C'est un pays perdu, celui de ma sœur, il n'y a qu'un train par jour et à des heures impossibles.
(Temps.)
J'avais bien essayé de lui téléphoner, mais les renseignements m'ont dit que le téléphone régional était en dérangement à cause d'un orage.
Ça arrive souvent dans les régions côtières.
Le vent, le vent, voyez.
C'est un immense plateau. Rien n'arrête le vent. Rien, aucun arbre. C'est nu.

Les arbres sont arrachés par le vent – ou tordus, couchés par terre, comme massacrés.

(Temps.)

Elle chante.

Silence long. Pendant qu'« elle chante » M. D. pose le manuscrit sur la table.

M. D. (reprend le manuscrit) :

Elle a cessé de chanter.

(Temps.)

Elle dit : excusez-moi, je chante parce que je suis contente à cause de cet enfant, voyez, je m'en excuse.

Il faut vous dire aussi que je suis toujours dans une espèce de confusion mentale. Je n'ai jamais pu ordonner mes idées, suivre une idée sans en apercevoir une autre qui arrive.

Oh, vous n'avez qu'à ne pas m'écouter, au fond, c'est ce qu'on dit autour de moi : on peut très bien ne pas l'écouter.

Remarquez, ce n'est pas constant, il m'arrive de dire des choses plus substantielles – autour de moi on dit : des choses plus sérieuses.

(Temps.)

Il m'arrive aussi de me taire longuement... oui...

(Temps.)

À vrai dire, tout m'arrive, n'est-ce pas, comme à tout le monde, de parler, de me taire. D'être triste. Ou gaie.

(Temps.)

Mais cela, sans règle aucune, on pourrait le croire, c'est ce qu'on regrette autour de moi, ce dérèglement mental, mais voyez... après tout, je pourrais rétorquer que le fait que je n'aperçoive pas une certaine logique ne signifie pas que je n'en ai pas une, à mon tour. On me dit trop personnelle. C'est un terme courant, vous avez dû l'entendre. C'est, en principe, injurieux. Cela se dit des enfants aussi : trop personnel, il est trop personnel, elle est trop personnelle.

Silence.

Je crois que l'enfant s'appelle Abraham. J'espère que cela ne va pas lui faire de tort.

(Temps.)

C'est ma fille qui a voulu lui donner ce nom. Son mari n'était pas tout à fait d'accord.

(Temps.)

Il disait avoir peur pour l'enfant, plus tard, du seul fait qu'il porterait ce nom.
(Temps.)

Elle a insisté. Il disait qu'il fallait oublier ces noms-là, ces mots, juifs, son mari. Il disait que c'était encourager les pires psychoses collectives que de nommer un enfant de ce nom, Abraham, toutes les discriminations, les pogromes.
Ma fille a tenu bon ; elle a nommé son enfant Abraham.
Il est du parti communiste français, son mari, ce qui vous explique. Il avait peur qu'on le dise raciste, voyez, s'il nommait son enfant Abraham. Il avait peur. Il disait que ce n'était pas la peine de nommer un enfant de ce nom-là, un enfant non juif.
Il faut vous dire que nous ne sommes pas juifs – non. Ni arabes.
Ni juifs ni arabes.
(Temps.)

Ma fille pense que la poésie est la chose la plus partagée du monde. Avec l'amour. Et la faim.
(Temps.)

Elle parle toujours d'un contre-savoir qui

interviendrait en nous, à chaque instant, et que nous repousserions. Mais, en vain, elle dit. Elle dit : heureusement, car dans ce cas il faudrait attendre la mort des morts.
(Temps.)
Je crois qu'elle parle de son mari.
Silence.
L'accouchement a été assez douloureux mais l'enfant n'a pas souffert.
(Temps.)
Elle chante.

NUIT. DESCENTE. UNE ROUTE SECONDAIRE, *dans les Yvelines. Au loin, la cité d'émigration de Plaisir. Compacte, uniforme. Une, entre autres, entre des milliers d'autres dans le monde. Éclairée.*

Voix off M. D. :
Elle aurait dit savoir ne pas exister. En détenir une certaine preuve... interne...
Elle dit : comment dire :
Intérieure ?
Interne ?...
Silence.

Elle dit : ça s'est passé quand j'étais là-bas...
Il dit : vous mentez.
Elle se tait.
Musique à la fin du travelling.

LA CHAMBRE NOIRE.

G. D. :
Sur quoi pleure-t-elle ?
M. D. :
Elle ne pleure plus.
Silence.
G. D. :
Elle ferme les yeux.
(Temps.)
La voit-il ?
M. D. :
Non. Il ne voit que si on lui commande de voir.
Il ne voit plus rien de lui-même.
G. D. :
Que voit-elle ?
M. D. :
Très précisément deux continents. Seuls.

La mer est devenue très obscure. Le couvre-feu est décrété après le coucher du soleil.
Avec la nuit, plus rien. La forêt a gagné les murailles des frontières.
Entre les continents, l'océan, l'immensité.
Entre les continents, rien.
Devant la mer, des chars d'assaut. On surveille le vide.
Silence.
Elle pense au petit Abraham.
Silence.

TRAPPES, GARE DE TRIAGE. TRAINS. *Fourgons. Trains. Travelling latéral. Ciel bouché, blanc.* TRAINS. TRAINS.

Voix off M. D. :
Elle dit avoir eu des enfants, une vie, une fois, dans un temps indéfini.
Avoir nourri des enfants.
Mais qu'elle se trompe sur le nombre.
Sur les lieux.
Les dates.
(Temps.)
Abraham. Abraham.

Elle en parle, toujours, mais personne ne le connaît.
Un enfant qu'elle aurait inventé peut-être... juif... ?
Un enfant juif ?
Inventé ?
Musique à la fin du travelling.

LA CHAMBRE NOIRE.

La musique, lointaine, déborde sur le plan d'ensemble. M. D. et G. D. se taisent longtemps, comme s'ils étaient exténués tout à coup par la vision du plan précédent : les trains du voyage juif.
Temps, puis ils recommencent à parler.

G. D. :
Quelle heure est-il ?
M. D. :
Il est tôt. Il fait encore grand jour.
Silence.
G. D. :
Le camion ?
M. D. :
Il roule toujours.

G. D. :
Il avance.
M. D. :
Toujours.
Silence.
G. D. :
Vous voulez une cigarette ?
M. D. :
(Temps long.)
Non.
(Temps.)
Vous êtes fatigué ?
G. D. :
Non.
M. D. :
Non ?
Silence.
On a presque fini de lire.
(Temps.)
On va reprendre.
G. D. :
Oui.
Silence.

M. D. :
À un moment donné aussi le chauffeur s'arrêtera dans un routier et il mangera un sandwich.
Elle le regarde manger avec beaucoup d'attention et elle lui parle de ses mains.
Elle lui dit :
Je ne supporterais pas qu'un homme me touche avec des mains pareilles, aussi abîmées, aussi sales, jamais, jamais.

G. D. :
Il rit ?

M. D. :
Oui.

G. D. :
Il dit : celle-là est bien bonne ?

M. D. :
Oui. C'est ça.
Ensuite il regarde ses mains.

(Temps.)

M. D. :
Et puis elle dit : vous savez, moi, personnellement, je crois que Karl Marx, c'est fini.

Silence.

M. D. :
Et puis elle recommence à chanter.
Elle ferme les yeux.

(Temps.)

Elle voit des choses derrière ses yeux.

G. D. :
La fin du monde.

(Temps.)

M. D. :
Il lui dit :
Hé, vous êtes bien de l'asile psychiatrique de Gouchy ?

(Temps.)

Elle ne répond pas.

G. D. :
Il dit :
D'où venez-vous, à la fin ?

M. D. :
C'est ça... Elle ne répond pas. Il dit : j'ai besoin de savoir, j'ai le droit de savoir. Je suis même en droit de vous demander vos papiers d'identité.

G. D. :
Elle pleure ?

M. D. :
Non. Elle ne pleure toujours pas.
Il dit :
Il n'y avait rien là où vous êtes montée, rien à perte de vue ? Alors ? Qui êtes-vous ?
(Temps.)
Il attend la réponse.

G. D. :
Il attend la réponse.
(Temps.)

M. D. :
Oui. Elle répond :
Je ne sais pas vous répondre.
Votre logique m'échappe. Si on me demande qui je suis, je me trouble.

G. D. :
Il dit :
Ah, je me doutais bien de quelque chose.
Silence.

ROUTE SECONDAIRE *vers Chavenay. Montée. Terres à blé, nues. Le camion, loin. Il traverse l'écran.*
Musique.

Voix off M. D. :
Elle dit : je peux me mettre à aimer.
À vous aimer.
À aimer.
À tout moment.
Crier.
Aimer.
Abraham. Ou bien vous.
Tout.
(Temps.)
Ou rien.
(Temps.)
Rien.

LA CHAMBRE NOIRE.

M. D. :
C'est là qu'elle demande à descendre du camion.
(Temps.)
C'est la pleine campagne. Pas une maison.
Elle veut descendre et elle crie.
G. D. :
Elle a peur ?

M. D. :
(Temps.)
De quoi ?

G. D. :
Peut-être d'être ramenée à l'hôpital psychiatrique de Gouchy.
(Temps.)
Il lui dit :
Il faut savoir ce que vous voulez, à la fin.

M. D. :
C'est ça.
Elle dit ne pas savoir.
Silence.
Dans le film, quelqu'un aurait dit :
C'est une femme comme ça, tous les soirs elle arrête des autos, des camions. Et puis elle raconte sa vie à qui se trouve là.
Chaque soir, elle raconte sa vie pour la première fois. Elle est plus ou moins écoutée, mais peu lui importe.
Silence.

G. D. :
Comment serait-elle ?
Comment est-elle ?

M. D. :
(Temps.)
Petite.
Maigre.
Grise.
Banale.
Elle a cette noblesse de la banalité.
Elle est invisible.

PLAISIR. NUIT. *Zone industrielle autour du magasin à grande surface Auchan. Désert. Zones de construction intensive. Zone de parquage du travail émigré. Avec, au milieu, Auchan : lieu de récupération du salaire, du travail.*

Voix off M. D. :
Quelqu'un aurait dit ça, oui...
Quelqu'un aurait dit : c'est une femme comme ça : tous les soirs elle arrête des autos, des camions, et puis elle raconte sa vie pour la première fois...
(Temps.)
... Par exemple une serveuse, dans un routier, à la tombée de la nuit, qui l'aurait reconnue...

Ou bien un usager de la route qui l'aurait reconnue...
(Temps.)
Elle aurait ignoré qu'on ait parlé d'elle.
Musique.

LA CHAMBRE NOIRE.
Silence.
G. D. :
Abraham...
Où est Abraham ?
M. D. :
Elle en parle. Toujours.
Mais personne ne le connaît.
Silence.
M. D. :
Elle descend dans la lande.
Elle parle une dernière fois et puis elle descend.

ROUTE NATIONALE 12. *Circulation clairsemée. Le camion, près. Il débouche d'une route secondaire vers la nationale 12. Traverse, se perd dans le débit routier.*

Voix off. M. D. :
Elle aurait parlé une dernière fois.
Elle aurait dit s'être trompée durant toute sa vie :
avoir pleuré quand il fallait rire...
rire quand il fallait pleurer...
pleurer quand il fallait pleurer...
Elle dit encore :
Que le monde aille à sa perte.
Qu'il aille à sa perte.
Musique jusqu'à la fin.

LA CHAMBRE NOIRE.

M. D. :
Elle serait descendue dans la lande.
Il l'aurait laissée descendre.
(Temps.)
Et puis il serait reparti.
(Temps.)
M. D. :
On ne saurait rien d'autre sur elle.
Ils n'auraient pu exister qu'en raison l'un de l'autre.
L'histoire est donc arrêtée.

ROUTE SECONDAIRE *entre Neauphle-le-Vieux et Septeuil (Yvelines). Circulation très clairsemée. Travelling avant. Vue de la route au milieu de terres à blé.*
Puis, le camion. Il est vu sur la même route. Terres à blé. Nues. Traverse l'écran. Loin d'abord, puis près. Disparaît.

Voix off M. D. :
Ça se passait il y a des années. Dans des temps anciens.
On ne pouvait pas savoir encore ce qui se trouvait derrière la clarté des mots.
La clarté des mots s'est obscurcie.
On ne lit plus rien.
On ne voit plus rien.
(Temps.)
Rien.
(Temps.)
Révolution.
Lutte de classes.
Dictature du prolétariat :
(Temps.)
Rien.

Travelling sur les différents décors de LA CHAMBRE NOIRE.

Le premier travelling aboutit au rideau blanc plein cadre. Le deuxième travelling se rapproche de M. D. et de G. D. qui se taisent dans le décor éclaté, rideaux ouverts sur le dehors.
Silence.

Voix off M. D. (mêlée à la musique forte) :
C'est une colline. Une pente douce. La forêt.
Au-dessus, le ciel est limpide. Nu.
L'été.
Pas de vent.
Le soleil est très fort, fixe, caniculaire.
La couleur qui domine est un vert sombre jauni par la chaleur, le sel de l'air.
La mer est là.

Fin de travelling. On découvre le parc au-delà des baies. Il fait presque nuit. Un arbre se découpe sur le ciel clair ; à sa gauche, un projecteur à arc dirigé vers la chambre noire.

Sécheresse craquante du sol.

C'est l'été.
Très lentement, un camion traverse le tout. Et puis, il disparaît. Il laisse derrière lui un froissement de buissons d'épineux. C'est la force du vent remué par le passage de la masse du camion qui fait crisser les plantes mortes de l'été.
Silence.

Le camion a disparu.

L'image disparaît. Le NOIR *de la fin commence (seize secondes de noir).*

Voix off M. D. :
On attend l'accident qui va peupler la forêt.
C'est le bruit d'un passage.
On ne sait pas de qui, de quoi.

Silence.

Et puis, cela cesse.

Le thème de Diabelli arrive sur la musique, strident, et recouvre le déroulement du GÉNÉRIQUE.

LE CAMION

Image	– Bruno Nuytten
Premier assistant opérateur	– Joël Quentin
Deuxième assistant opérateur	– Éric Adjani
Son	– Michel Vionnet
Premier assistant son	– Gilles Ortion
Première assistante réalisation	– Geneviève Dufour
Deuxième assistant réalisation	– Jean-David Lefebvre
Photographe	– Jean Mascolo
Chef électricien	– Louis Bihi
Électricien	– Franck Coquet
Chef machiniste	– Bernard Brégier
Maquilleuse	– Laure Bellin du Coteau
Mixage	– Paul Bertault
Administratrice de production	– Marie-Anick Jarlegan
Montage	– Dominique Auvray
	– Caroline Camus

Les variations de Beethoven sur un thème de Diabelli sont interprétées par Pascal Rogé.

Une production Cinéma 9 – Auditel
Pellicule Kodak Eastmancolor
Laboratoires Éclair
Auditorium Auditel

Visa de censure : 47.399

TEXTES DE PRÉSENTATION

PREMIER PROJET

Ce n'est plus la peine de nous faire le cinéma de l'espoir socialiste. De l'espoir capitaliste. Plus la peine de nous faire celui d'une justice à venir, sociale, fiscale, ou autre. Celui du travail. Du mérite. Celui des femmes. Des jeunes. Des Portugais. Des Maliens. Des intellectuels. Des Sénégalais.

Plus la peine de nous faire le cinéma de la peur. De la révolution. De la dictature du prolétariat. De la liberté. De vos épouvantails. De l'amour. Plus la peine.

Plus la peine de nous faire le cinéma du cinéma.

On croit plus rien. On croit. Joie : on croit : plus rien.

On croit plus rien.

Plus la peine de faire votre cinéma. Plus la peine. Il faut faire le cinéma de la connaissance de ça : plus la peine.

Que le cinéma aille à sa perte, c'est le seul cinéma.

Que le monde aille à sa perte, qu'il aille à sa perte, c'est la seule politique.

DEUXIÈME PROJET

Le cinéma arrête le texte, frappe de mort sa descendance : l'imaginaire.

C'est là sa vertu même : de fermer. D'arrêter l'imaginaire.

Cet arrêt, cette fermeture s'appelle : film.

Bon ou mauvais, sublime ou exécrable, le film représente cet arrêt définitif. La fixation de la représentation une fois pour toutes et pour toujours.

Le cinéma le sait : il n'a jamais pu remplacer le texte.

Il cherche néanmoins à le remplacer.

Que le texte seul est porteur indéfini d'images, il le sait. Mais il ne peut plus revenir au texte. Il ne sait plus revenir.

Il ne connaît plus le chemin de la forêt, il ne sait plus revenir au potentiel illimité du texte, à sa prolifération illimitée d'images.

Le cinéma est épouvanté, il se bat, lutte, s'essouffle pour trouver d'autres voies que la parole pour répondre à l'intelligence grandissante de son spectateur, pour l'appréhender et l'engouffrer encore dans ses salles de projection, pour qu'il consomme encore son produit.

Cela se voit. Le cinéma voit déjà le désert du cinéma devant lui. Opulent, milliardaire, le cinéma tente, à partir de moyens financiers qui concurrencent ceux des transactions pétrolières et de campagnes électorales, de *retrouver* son spectateur.

Les films baignent soit dans la beauté, soit dans le crime, le sang, les tueries, l'angélisme, l'exotisme prolétarien, Proust, Balzac, les scandales financiers, la patience des peuples, la floraison de la faim.

En vain.

Le cinéma n'arrive plus à répondre à la soif grandissante de connaissance de son spectateur.

Ce que le cinéma ne sait pas c'est que ce qui se passe au-dehors du cinéma rejoint ce qui se passe au-dedans du cinéma.

Que ce n'est pas, si milliardaire soit-il, que le cinéma peut rattraper l'intelligence qu'a le spectateur de la fabrication de ce cinéma.

Que l'inadéquation fabuleuse entre les

moyens du cinéma et son projet frappe dorénavant de mort le produit qui en sort.

Que c'est pareil.

Que la fabrication du film, c'est déjà le film.

Le refus devient indivisible et total. Le spectateur, de plus en plus, n'entre plus dans la salle. Il sait à l'avance que le produit qu'on lui propose est verrouillé dans le milliard, bâtard, pollué par les conditions mêmes de sa fabrication.

Le refus se connaît comme tel, il est sorti de l'asphyxie des consignes militantes de tout bord. Il est libéré.

Le spectateur ne casse plus les vitrines. Il passe. Il reste dans la rue, plutôt que d'entrer.

C'est tout.

La masse malade, atteinte de calme, de digestion continue, entrera encore dans la salle, mais elle seule, dorénavant.

Elle subira le film, sans lendemain, sans écho. Une pierre dans un puits.

Il y a longtemps maintenant que beaucoup ont quitté le cinéma.

C'est pour ça qu'on en fait.

TROISIÈME PROJET

Je ne sais pas où je vais dans *Le Camion*. Elle, la femme du camion, elle ne le sait pas non plus. Et cela nous est pareillement égal. Je ne savais pas qui était cette femme. Rien. Sauf ceci : je savais qu'il y avait une femme au tournant d'une route – je voyais cette route dans la Manche, vers Vauville – qui attendait un camion et moi. Cela depuis plusieurs semaines. Je ne travaillais pas le texte. Je savais que le texte, quel qu'il ait été, aurait été balayé par le tournage. Que la femme et le texte ne coïncideraient pas avant le film. Que la femme ne commencerait à exister qu'avec le film, en même temps que le film, et à mesure de son déroulement. Plus encore : que la femme réclamait le film pour commencer à exister. Avant le film, d'elle je ne vois que l'attente. Je sais l'aimer. Je suis tournée vers elle. Elle, non, elle est tournée vers l'extérieur. Elle, elle ne sait pas que je l'aime, elle ne sait pas être aimée, elle est ignorante de l'amour qu'elle peut inspirer. Elle, tournée vers le dehors : Regarde. Moi, tournée vers elle. La regardant. Télescopées toutes les deux dans la direction de l'extérieur. C'est par elle que je vois. Par elle que je prends l'extérieur et que je l'engouffre en moi. Je l'aime. Elle m'ignore. Toujours tournée vers l'extérieur. Je déplace mon regard. Je regarde ce qu'elle regarde : ça s'éclaire de plus en plus. Elle, je ne la vois pas, je ne vois toujours pas son visage. Quand le film se termine, je n'ai toujours pas vu son visage. Mais ce qu'elle regardait m'éblouit : le film.

QUATRIÈME PROJET

Dans *India Song* j'avais essayé de faire que l'histoire d'un amour déborde de son territoire. À travers Michael Richardson, Anne-Marie Stretter aime Calcutta tout entière. Dans *Le Camion,* l'histoire, le prétexte à parler de l'amour a disparu. La dame du camion vit un amour d'ordre général. Elle ignore le vivre. Tout entière tournée vers le dehors, elle est entrée dans un processus de disparition d'identité. Non seulement elle ne sait pas qui elle est mais elle cherche dans tous les sens qui elle pourrait être. Dans *Le Camion* il ne lui reste plus d'autre référence à une identité possible que cette pratique de l'auto-stop. Elle n'est plus qu'une auto-stoppeuse. De même qu'elle m'est apparue, je la vois disparaître, elle arrête un autre véhicule et me quitte pour toujours. Elle se tient ainsi, quelque part abolie, dans un état constant d'attente, d'attente d'elle-même, dans le souhait d'être tout à la fois. Son mouvement vers le tout, c'est pour moi celui de l'amour.

La dame du camion ne s'ennuie plus. Elle ne recherche aucun sens à sa vie. Je découvre en elle une joie d'exister sans recherche de sens. Une régression véritable, en cours, en progrès, fondamentale. Le seul recours étant ici cette connaissance décisive de l'inexistence du recours.

ENTRETIEN AVEC MICHELLE PORTE

Michelle Porte. – Dans le film, Depardieu vous demande : « Ç'aurait été un film ? »

Marguerite Duras. – Oui. Et je dis : « Ç'aurait été un film. – C'est un film. » Il faut traduire : *donc* c'est un film.

M. P. – Pouvez-vous parler de ce film, de comment vous l'avez fait ?

M. D. – Il y a eu trois stades. Dans le premier stade, il y avait une actrice. J'ai pensé à deux très grandes comédiennes, comme Simone Signoret et Suzanne Flon. Elles n'étaient pas libres. Ça m'a donné encore du temps pour réfléchir.

M. P. – Donc, au premier stade, vous auriez filmé l'histoire, qui, là, n'est que proposée au spectateur ?

M. D. – Voilà. Mais en même temps, j'étais très mal dans ma peau, pendant tout le temps où je pensais à ça. Dans un premier temps, ça me semblait impossible d'être dans le film ; ce qu'elles auraient pu jouer, je n'aurais pas pu le jouer, parce que je suis quelqu'un qui écrit des textes, je ne suis pas une comédienne. Dans un deuxième temps, j'ai pensé que je pourrais, du moment que Suzanne Flon et Simone Signoret n'étaient pas libres, jouer quand même dans le film. Et alors ça m'a paru très difficile que le film se passe à l'intérieur de la cabine, à cause du froid, du temps qu'il faisait au début de janvier, il faisait – 7 °C quand on a tourné. C'étaient des mauvaises raisons.

M. P. – Vous avez évoqué d'abord des raisons matérielles ?

M. D. – Oui. On en a parlé, on s'est renseigné pour savoir comment on pouvait tourner autour de la cabine en prenant tous nos temps, garder cette espèce d'effilochage de la durée, du voyage, sans être dérangés par la caméra postée qui nous attendait, etc., etc., et puis, de ce deuxième stade j'ai sauté au dernier... Ça se passe toujours la nuit, j'ai eu une insomnie une certaine nuit et puis je me suis dit : je ne vais pas le tourner le film, je vais le raconter – j'ai été complètement libérée quand j'ai trouvé ça –, c'est-à-dire, je vais raconter ce qu'aurait été le film s'il avait été tourné. La chance que j'ai eue, c'est que j'en ai parlé à Depardieu, qui a immédiatement compris. J'avais très peur qu'il me dise : du moment qu'on est à table tous les deux, avec les manuscrits dans les mains, je ne veux pas le faire. Le film est lu feuillets à la main et, pour Depardieu, il est lu pour la première fois et l'attention qu'il met à le lire est vue dans le film. Je dis d'ailleurs dans le film à un moment donné : « Aucune répétition du texte n'aurait été envisagée. » Je pense maintenant que ça, c'était pour éviter le jeu. Si on avait lu le texte avant, si on l'avait répété, même pour le lire ensuite, on aurait *joué*. Il y a quelquefois quelques pataquès, on se trompe dans les lignes, quelquefois on cherche nos lignes mais c'était une option, j'ai préféré ça à une distance entre le texte et la personne qui parle, et que j'appelle la comédie. Mais ça, je ne l'ai pas su dès le départ, c'est maintenant que je le sais, que je comprends le pourquoi de la phrase sur la répétition. C'est pour ça aussi que je ne peux pas envisager de redonner le texte à un acteur pour le théâtre : il serait obligé de l'apprendre, donc de le jouer. Une lecture vue, une première lecture vue, feuillets à la main, c'est autant du cinéma – sinon davantage – que le jeu du contenu de cette lecture ou sa représentation.

M. P. – D'ailleurs, ça se voit très bien, la manière dont Depardieu reçoit le texte que vous lui lisez, et le sien aussi.

M. D. – Et ce film que je ne ferais pas, quand j'en parle, il contient les autres films, c'est ça que j'ai découvert. Il contient tous les autres films que j'aurais pu faire à partir de cette idée, qui est très banale : le camion, c'est un thème qui a été exploité dans le monde entier, qui est très spectaculaire et qui a été exploité de façon réaliste partout, en Amérique, en France, partout ; il y a même eu un film dernièrement à la télévision qui se passait dans un camion, à l'intérieur, avec plate-forme de tournage.

M. P. – Oui, mais est-ce qu'on peut dire que le camion, ce soit le thème de votre film ? Résumons le film pour quelqu'un qui ne l'a pas vu : dans un lieu fermé un homme et une femme – la femme, c'est vous – parlent pendant une heure vingt. La femme raconte une histoire, une histoire qui est celle d'une femme qui monte dans un camion en faisant du stop, et qui pendant une heure vingt parle au chauffeur qui l'a prise en stop.

M. D. – ... Et qui ne l'écoute pas.

M. P. – ... Et qui ne l'écoute pas. Cette histoire, vous la proposez à Depardieu qui est donc comme un substitut du camionneur : le camionneur écoutant la femme parler et lui Depardieu vous écoutant lire l'histoire.

M. D. – C'est ça. Lui n'a jamais bougé. Je tiens à le dire, il a toujours été depuis le premier jour le camionneur éventuel, lui, Depardieu. De toute façon, je le voyais quelque part, Depardieu, ou dans le camion ou dehors. Il n'a jamais bougé, il le fallait.

M. P. – Vous utilisez toujours le futur antérieur, dans ce film : – « Ç'aurait été une route. – C'est une route. » « – Ç'aurait été un film. – C'est un film. » Ce qui revient à dire : du moment que je dis que ç'aurait été un film, c'est un film ?

M. D. – Oui, je pense que c'est le premier film que je fais, et peut-être le premier film qu'on fait, où le texte porte tout. Dans la grammaire Grevisse, il est dit que le futur antérieur est le conditionnel préludique employé par les enfants dans leur proposition de jeu. Les enfants disent : toi tu aurais été un pirate, toi tu es un pirate, toi tu serais un camion, ils deviennent le camion ; et le futur antérieur, c'est le seul temps qui traduise le jeu des enfants : total. Leur cinéma.

M. P. – Dans un lieu fermé, deux personnes, Depardieu et vous, parlent d'un camion. Et ailleurs, sur des routes, un camion avance, traverse des paysages, infatigable...

M. D. – Donc le camion est séparé de nous.

M. P. – Oui, ce camion, c'est une image mentale : votre image mentale du camion qu'on voit poursuivre son chemin.

M. D. – Je viens de voir le film, je suis débordée par ce film... Ce que j'attends toujours, c'est ça, d'être débordée par mon propre travail... Je ne peux pas dire clairement d'où vient la force du film, elle me trouble beaucoup.

M. P. – Pour moi, spectateur qui vient de voir le film, c'est la première fois qu'au cinéma on me donne une aussi grande liberté, je trouve là la même liberté qu'à la lecture et c'est dans ce sens que je trouve que ce film est quelque chose de nouveau, une voie tout à fait nouvelle dans le cinéma.

M. D. – On vous dira que ce n'est pas du cinéma. Et pourtant, vous avez quelque chose sur l'écran. Quelqu'un qui parle, c'est une image.

M. P. – Oui très forte, quelqu'un qui parle, qui raconte une histoire, c'est une image très forte. Et quand j'ai sur l'écran l'image du camion qui sans cesse traverse les paysages...

M. D. – L'hiver. Qui traverse l'hiver...

M. P. – Oui, l'image est complètement chargée de ce que vous venez de dire, qui pourrait se passer dans ce camion, mais c'est seulement le contenant que je vois, c'est-à-dire que la femme et l'homme du camion, ils ne me sont pas imposés.

M. D. – Ils sont dans le camion, moi je les vois comme un relais de ce que je dis ; quand je cesse de parler, ils continuent. Mais alors on se fout dedans complètement avec la narration psychologique.

M. P. – Une histoire écrite ouvre sur des images proposées. Quand au cinéma on la réduit à une seule image, c'est une espèce de prise de pouvoir par rapport au spectateur.

M. D. – Une limitation.

M. P. – Oui une limitation, et, là, ça c'est rompu complètement. Quand vous avez fait *Son nom de Venise,* vous disiez que d'habitude on laisse au spectateur vingt pour cent de sa part de création, et que là vous lui en demandiez quatre-vingts pour cent. Mais, ici, c'est bien plus encore.

M. D. – En somme, le camion existe, le voyage existe, le paysage existe à travers les paroles. Tout existe. L'homme existe, la femme existe... *et c'est lu.* Ce n'est même pas appris, c'est lu. Ça me trouble beaucoup, ça, ça me confirme quelque part dans le fait que je ne peux plus aller au cinéma, parce que je m'y ennuie... Je ne me suis pas ennuyée une seconde à faire ce film et à le lire et Depardieu non plus, il était complètement dans le bonheur, toute l'équipe était exaltée et pourtant c'était sempiternellement Depardieu et moi à une table en train de lire l'histoire.

M. P. – Leur exaltation, c'était probablement la même que celle que ressent le spectateur à la vision du film. On nous raconte, on nous propose une histoire et c'est merveilleux...

M. D. – Ça rejoindrait donc la grande tradition du conte... l'écriture porteuse du tout, l'écriture porteuse d'image comme si on avait dévoyé l'écriture, si on l'avait fragmentée, la remplaçant par des images, peut-être...

M. P. – Comme si on avait limité sa descendance : l'imaginaire.

M. D. – Oui, c'est ça.

M. P. – Et peut-être qu'en effet on rejoint la tradition des conteurs qui seraient des écrivains oraux, en somme ; le conteur a le même pouvoir que l'écrivain.

M. D. – De faire tout, de faire tout le récit à soi seul. Oui. Quand on entend les réalisateurs parler de leurs films, ils en parlent comme d'une chose étrangère à eux-mêmes, ça m'a toujours, toujours frappée, ça, ils parlent en deçà de ce qu'ils ont fait, vous voyez ce que je veux dire, avec timidité, pudeur, etc. Je n'en ai pas. Je n'aurais pas pu faire *Le Camion* si j'avais la moindre pudeur, il faut l'impudeur pour faire *Le Camion,* mais l'impudeur, c'est l'humilité, peut-être.

M. P. – Mais vous êtes un écrivain...

M. D. – Comme beaucoup de gens, mais pas plus.

M. P. – Beaucoup de gens qui font des films prennent une histoire déjà faite et c'est une mise en image qu'ils font, une illustration de l'histoire.

M. D. – Oui. Et on arrive à un résultat bâtard où la parole n'est plus la parole, où elle n'a plus son pouvoir, sa puissance, et où l'image est « forcée » et où elle essaie de soutenir le manque de la parole... Par exemple, j'ai vu *L'Empire des sens.* On montre des gens qui font l'amour toute la journée pour arriver à la fin au meurtre, à la mise à mort. Mais, ce qui m'a frappée, c'est que la solitude de la passion, l'isolement complètement dramatique, tragique, où vous plonge ce stade-là du désir, il n'est pas montré... On vous montre des gens baiser toute la journée, mais c'est pas seulement ça, la passion, c'est aussi l'isolement mortel dans lequel cela vous met... Ça n'est pas montré. Les gens de cinéma ont dit que c'était un beau film. C'est vrai, c'est un beau film, mais qui ne traite pas du sujet indiqué par le titre.

M. P. – Par l'image seulement, ce n'était peut-être pas dicible.

M. D. – Ils ont cru trouver la solution par l'image. Il n'y a pas de parole, il n'y a qu'une parole en direct qui commente le fait de l'accouplement des deux, mais il y a un manque dans le film, il y a un manque énorme : la conséquence extérieure à l'exaspération du désir. Comment tout est changé, tout le dehors, changé, tout à coup, frappé de mort. C'est peut-être un manque de parole ou un manque de silence – c'est pareil, la parole ou le silence, finalement, c'est pareil. Ce manque fait que c'est un film bâtard et que les gens qui sont par exemple dans l'écrit ne peuvent pas y croire tout à fait. Il y a quarante ans, je crois, que le cinéma a honte de la parole, comme il a honte d'être intelligent. Vous savez, quand j'ai employé le mot « intelligence » dans *India Song,* le mot « intelligence », il y a des gens qui m'ont arrêtée dans la rue pour me dire : « C'est impardonnable d'avoir employé ce mot dans un film. » Ça donne un peu le vertige, on se demande qui fait du cinéma. Ça fait peur un peu. C'est comme s'il y avait une barrière montée de toutes pièces par la profession contre l'intrusion du langage dans le film. Une ségrégation, un racisme contre l'intelligence – tout comme si l'intelligence, c'était la honte de l'homme. Alors que c'est la chose la mieux partagée du monde.

M. P. – C'est comme si le cinéma, disons, habituel n'avait voulu exploiter qu'une petite veine toute maigre au lieu d'exploiter toutes les possibilités de l'intelligence. Encore une fois, comme si l'intelligence, c'était un phénomène de classe.

M. D. – Ils considèrent que le cinéma c'est à eux, aux gens de l'image. Que du fait qu'ils refusent de s'exprimer, voyez, comment dire ça humblement, qu'ils refusent le langage, ils ont une sorte de mainmise sur l'image. Je pense ça depuis longtemps, mais je n'ai jamais osé le dire, sauf aujourd'hui. J'ose dire de plus en plus.

M. P. – C'est comme si les gens avaient artificiellement créé des catégories.

M. D. – C'est ça, c'est ça exactement... Pour empêcher les autres d'entrer. Moi, on m'a empêchée d'entrer dans le cinéma pendant des années, de ça je suis sûre.

M. P. – Des gens ont dit : « Elle est écrivain ; pourquoi se mêle-t-elle de faire du cinéma ? »

M. D. – Oui, on a dit : qu'elle fasse des scénarios, qu'elle écrive des livres, mais qu'elle ne se mêle plus de faire des images, parce qu'elle ne sait pas. Aucun des écrivains valables de notre temps n'aurait le culot, la vanité de dire des choses pareilles... Les cinéastes sont d'une prétention, d'une fatuité spécifique que nous nous n'avons pas, les gens qui écrivent... Quelqu'un disait l'autre jour à la télévision : Godard, c'est un type qui a inventé ça : avant, quand on montrait un homme qui sort de chez lui et qui arrive par exemple dans un bar, on montrait d'abord l'homme qui sortait de chez lui, puis son trajet, puis l'homme qui arrivait dans le bar. Godard a inventé ça : l'homme sort, puis on le retrouve dans le bar.

M. P. – On n'avait aucune confiance dans le spectateur ?

M. D. – Non. On prend le spectateur pour un enfant. Le spectacle cinématographique est un spectacle infantile... Quand on voit à la télévision les vieux films, par exemple, le spectateur est traité comme un enfant arriéré, comme s'il était taré, qu'il faille tout faire à sa place.

Tout ça rejoint cette suspicion, définissante, que j'ai tapie au fond de moi – quand je tourne, elle est là à chaque plan – que le cinéma n'existe pas en tant que fonction fondamentale. Que c'est un fourre-tout d'aspirations dérivées, échouées, d'amertumes diverses. Et qu'en même temps que c'est ça, qui m'est sympathique, je dois me méfier des barbouzes du cinéma, de ceux qui le gardent, qui disent : ici, de l'image, pas de mots pour rien – alors que les mots pour rien, c'est la parole lâchée, libre. C'est magnifique, les mots pour rien. À chacun de mes films je vois cette image : celle d'un super-marché qui ruine tout autour de lui, et qui dicte ses mots d'ordre : vous en passerez par nous, ou vous mourrez.

M. P. – Ce travail que vous avez fait sur *Le Camion,* il semble que vous l'aviez amorcé déjà dans vos précédents films, depuis *India Song,* et *Son nom de Venise...*

M. D. – *Le Camion*, ça a été complètement naturel. Tout le monde était décontracté. Ça a été complètement simple à faire. Ç'aurait été beaucoup plus faux si on avait tourné à l'intérieur du camion un film joué. Oui, sur *India Song*, j'avais déjà commencé à aborder ce décalage, puisque les acteurs, là, ne sont plus seulement des acteurs. Mais, dans *Vera Baxter*, j'ai régressé. Là, il y a des acteurs. *Vera Baxter* reste un film qui m'est extérieur. Si vous voulez, je pense qu'un film doit plonger dans le désir complètement, et dans le tournage et dans le fond, dans la forme et dans le fond, et dans le traitement du sujet, et dans la technique, aussi bien, il doit plonger dans une même dimension du désir, de la passion. Ça ne s'est pas produit pour *Vera Baxter*, et ça s'est produit pour *Le Camion.* J'ai un souvenir inoubliable du *Camion.* C'est un soir, Depardieu était parti, et j'ai raconté l'histoire de l'accouchement de la mère du petit Abraham, de la fille de la dame du camion. L'image s'est arrêtée, on tournait avec des bobines de 120 mètres, et l'opérateur m'a fait signe de continuer ; et j'ai vu toute l'équipe écoutant le récit, préférant ne pas me couper pour écouter, eux, tout le récit, pour avoir, eux, tout le récit, à titre personnel, plutôt que de me couper et de reprendre. Je n'oublierai jamais ça. Ils ont préféré me laisser continuer – c'était assez cruel : après, je n'étais pas contente – plutôt que de se priver, eux, de la fin du récit. J'y ai repensé depuis. Je trouve formidable qu'une équipe ose faire ça. Bruno m'a fait signe : Continue. J'ai continué. Ce n'est qu'au bout de trois, quatre minutes que j'ai compris que la caméra ne tournait plus. C'était comme si l'équipe devenait libre.

M. P. – Oui, sans doute, et d'une liberté à l'image de celle du film. L'envoûtement tient aussi à ce que, dans ce film, on ne sait jamais où on est, on ne sait pas si on est là avec Depardieu et vous, ou dans le camion, dans ce lieu fermé, ou sur cette route sur laquelle indéfiniment on avance. On ne sait pas si, ce camionneur, c'est cet homme qui vous écoute, on ne sait pas si cette femme dont vous parlez c'est vous ou si ce n'est pas vous. Il y a un perpétuel glissement des plans de dehors à ceux de dedans, des personnages évoqués, à ceux que l'on voit sur l'écran.

M. D. – Oui, ça, j'aime beaucoup. Là, on arrive à l'état mental dans lequel j'étais quand j'ai écrit et tourné *Le Camion.* Pour la première fois de ma vie, je ne me suis absolument pas souciée d'une certaine logique. Je me suis laissée complètement aller et après je me suis payé des insomnies en me disant : Bon, ça ne va plus, tu as déraillé. Maintenant, je m'aperçois que non. J'allais dans tous les sens ? D'accord : je suis allée dans tous les sens.

M. P. – C'est pour ça que, vous connaissant, vous, Marguerite, ce film me paraît très très près de vous, plus que tout ce que vous avez fait au cinéma... dans ce manque apparent de logique.

M. D. – Ah bon ! Mais je ne l'ai pas travaillé exprès. Tout à coup, on parle du prolétariat : eh bien, tout à coup, on parle du prolétariat, voilà. Ce n'est pas amené là par une charnière logique. Il y en a une, certes, mais derrière les mots. Et le problème politique est abordé par la phrase : « Elle dit les mots : Prolétariat, classe ouvrière. » C'est comme ça que je l'ai entendu, je n'ai pas voulu avoir de lien logique entre les séquences. Ce n'était pas possible. Ça n'aurait jamais eu cette souplesse, cette espèce d'ouverture complète partout, le film est vraiment troué de partout, c'est un film où on peut entrer à n'importe quel moment, ce n'est qu'ouvertures sur le dehors.

M. P. – Oui, ça s'ouvre sur tout. Vous dites dans le film : « Tout est dans tout, partout, en même temps. » Vous ajoutez : « C'est ce que je crois, moi. »

M. D. – Oui. Elle ajoute : « C'est ce que je crois, moi. » Cette femme qui raconte chaque jour sa vie à des gens de passage, elle n'a que ça à raconter, elle raconte. Elle existerait avec moins de force si elle était *figurée* par une actrice. Dans un film, où elle n'est pas personnalisée, elle existe avec infiniment plus de force. La femme du camion, j'en vois trois par jour dans les rues. Si une actrice l'avait représentée, je n'en verrais plus aucune. Même si c'était une grande comédienne comme Signoret ou Flon, je ne l'apercevrais plus partout dans les rues, elle ne serait pas dans ces passantes, dans cette circulation où dans le film je la maintiens. Je suis sûre que les gens qui auront vu *Le Camion* verront la femme du camion un peu partout.

M. P. – Elle est tout le monde.

M. D. – Oui, elle est tout le monde. C'est

ça peut-être une des ouvertures : elle n'est pas représentée, il n'y a pas de représentation. On ne peut pas dire qu'il n'y ait pas de mise en scène, il y a une mise en scène de la parole, il y a des images qui circulent, des images des Yvelines, mais il n'y a pas de représentation de l'histoire.

M. P. – Oui, la seule chose vue est le contenant de l'histoire, ce camion qui roule.

M. D. – Vous savez, j'ai vécu en Indochine. Je suis née là-bas et, de l'Europe, je n'avais que ma mère comme témoin. Elle nous rappelait toujours qu'on était français, que son pays c'était le Pas-de-Calais, qu'elle était enfant de fermiers, etc. Elle me racontait des histoires. J'ai oublié à peu près toutes mes lectures. Je n'ai jamais oublié les histoires que me racontait ma mère sur son enfance. Jamais. Les soirées dans une ferme qui s'appelait Croisette, dans le Pas-de-Calais. Ils étaient vingt-cinq. Il y avait les ouvriers agricoles. Les cousins. Les tantes, les oncles. Tout le monde vivait en communauté. Quelquefois, ils dansaient dans la cour de la ferme. Je vois tout. J'ai oublié beaucoup, j'ai peut-être même oublié *Le Rouge et le Noir,* je n'ai pas oublié Pascal, j'ai probablement oublié les articulations stendhaliennes, mais je n'ai pas oublié les histoires de ma mère. C'étaient des histoires orales. Il y a deux ans, je suis allée dans le Nord pour aller voir les lieux, cette ferme : Croisette. La ferme est toujours là. Je l'ai reconnue.

M. P. – Il me semble que, si vous aviez pris une actrice pour faire ce que vous faites dans le film, vous auriez enlevé une dimension, une force au film, qui tient à...

M. D. – L'improvisation ?

M. P. – Pas seulement. Bien sûr, ce qui est improvisé, mais pas seulement. Dans le film, on vous voit, vous Marguerite Duras, écrivain, vous nous lisez vous-même cette histoire que vous venez d'écrire. On retrouve là comme la force du document.

M. D. – Peut-être c'est comme j'écris, la parole sort comme si elle était écrite ?

M. P. – Absolument ; et puis, ce film que vous aviez envie de faire, il se fait là avec vous, devant nous et avec nous. C'est sans tricherie.

M. D. – Quand je parle d'elle, quand je parle du couple dans le camion, je les vois, je suis un peu comme sous dictée, je les vois et c'est ça, je crois, que je communique... La phrase qui revient toujours : « Elle ferme les yeux, elle chante », c'est la vie intérieure. Quand on est enfermé dans la pièce, c'est à partir de cet enfermement dans la chambre noire qu'on voit le camion. C'est identique à ses yeux fermés. Elle, elle voit à partir de ses yeux fermés. L'intolérable du monde, elle le voit encore plus si elle ferme les yeux, et moi je vois le camion encore plus si je ne le vois pas.

Le film a été fait dans une chambre fermée, c'est-à-dire rideaux tirés, lampes électriques éclairées, c'est-à-dire dans le noir. Je n'aurais pas du tout pensé... enfin, c'est maintenant que la réflexion m'en vient... je n'aurais pas du tout pensé possible de le lire dans la lumière du jour. Je ne sais pas, peut-être on lit dans le noir toujours ; le lieu où on parle, je l'appelle la chambre noire. Je dis : chambre de lecture ou chambre noire. Il me semble qu'il y aurait eu une sorte de dispersion de la portée du langage dans un lieu du jour. La lecture relève de l'obscurité, de la nuit. Même si on lit en plein jour, dehors, la nuit se fait autour du livre.

M. P. – Comme l'écriture, alors ?

M. D. – Oui, c'est pareil, lecture, écriture ; maintenant on le sait.

M. P. – La dame du camion et le camionneur sont eux aussi enfermés dans une cabine obscure, et vous parlez, dans le film, de la lumière extérieure comme d'une menace.

M. D. – Nous sommes dans un lieu identique, rigoureusement identique. L'endroit fermé de la cabine, c'est le premier enfermement du film, c'est là où se fait l'écrit. Le deuxième enfermement, celui de la chambre noire où je suis avec Depardieu, c'est celui où cet écrit vous est lu, révélé au public, si vous voulez. Le reste du film est vide, vide de personnages, il n'y a que cet objet, le camion qui transporte, j'allais dire le texte. C'est très troublant, tout ça, car il semblerait que l'on puisse faire beaucoup de choses nouvelles au cinéma sans s'éloigner du public, au contraire.

M. P. – Vous dites que la cabine du camion, c'est là que se fait l'écrit, et que la pièce où vous êtes avec Depardieu, c'est là que l'écrit est lu.

M. D. – Oui. C'est le lieu duquel l'écrit part, pour aller vers le dehors.

M. P. – Dans le film, on a l'impression de voir le processus même de l'écriture se faire, le phénomène de la création littéraire.

M. D. – Mais je crois que la création littéraire, il suffit de commencer, avec une certaine conviction bien entendu, et puis ça continue. Je crois que l'écrit porte l'écrit et ça à l'infini. Là, j'ai stoppé le film, mais j'aurais pu continuer aussi. J'avais très peur d'un film long, j'avais très peur d'un film d'une heure trois quarts, de deux heures, pour le public... Je me suis dit : ils ne vont pas supporter une parole aussi nue... Je n'ai pas osé faire deux heures de paroles... Je crois qu'il suffit de se mettre dans la situation d'écrire et puis ça commence, il suffit de le vouloir, je crois... Je ne trouve pas d'autres définitions...

M. P. – Alors, qu'est-ce qui se passe ? Il y a des gens qui le voudraient tellement et qui n'écrivent jamais... enfin, je parle d'écrit véritable...

M. D. – C'est qu'ils ne le veulent pas vraiment, ou plutôt qu'ils n'en ont pas un vrai désir. Ou bien c'est qu'ils sont à côté de leurs pompes. Il y a une écriture qui est à côté de ses pompes, souvent, très souvent. Ce n'est pas de l'écrit, ça vient du dehors, il ne faut pas que ça vienne du dehors, c'est une sorte d'injonction interne. Je ne veux pas dire : du corps, parce que c'est fini, je ne veux plus en entendre parler... *(Rires.)* Les femmes parlent de leurs corps comme ça, tout le temps, je ne veux plus en entendre parler, du tout. Interne, je dis, c'est une injonction interne, oui. C'est vouloir écrire avant de savoir quoi, avant de vouloir écrire telle ou telle histoire. On écrit tout le temps, on a une sorte de logement en soi, d'ombre, où tout va, où l'intégralité du vécu s'amasse, s'entasse. Il représente la matière première de l'écrit, la mine de tout écrit. Cet « oubli », c'est l'écrit non écrit : c'est l'écrit même.

Dans le film, le camion transporte cette masse-là. Tout l'écrit du monde. Comme si ça pouvait se mesurer, se peser : trente-deux tonnes d'écrit, cela me plaît. C'est ce que j'appelle : l'image. Mais cet écrit universel, dans *Le Camion*, il est mélangé, c'est celui du spectateur, c'est le mien, tout est fondu ensemble : masse noire et close qui avance et parcourt le monde, oubliée. Mais en vie. Pas morte. Prête à servir à tout. Aux plus grandes erreurs politiques de l'histoire des peuples. À un poème de Mallarmé. À une souffrance sans cause apparente qui traverse une femme, un soir, quelque part, et dont rien ne sera dit nulle part.

On oublie quatre-vingt-dix pour cent des choses de la vie, on deviendrait fou, on mourrait si on avait présent en mémoire tout le temps vécu, on mourrait, ce serait insoutenable. Ce serait un peu comme si la mort n'existait pas : il y a autant de vécu dans l'histoire extérieure du monde que dans un seul homme. Autant, depuis la première époque de l'Égypte, que dans un homme. C'est ce que je crois, moi. On dit toujours que l'oubli est un défaut, mais heureusement qu'il existe, si on se remémorait parfaitement tout, les douleurs, les passions, les joies, l'instant serait blanchi, complètement spolié, n'existerait plus... L'oubli, c'est la vraie mémoire... Je ne crois qu'à l'explication physiologique de tout, du vécu, de l'écrit, de l'oubli, de la mémoire, je crois que c'est très très bien foutu, tout ça.

M. P. – L'aspect politique du film m'a beaucoup frappée ce soir en projection, cette vision complètement désespérée.

M. D. – Désespérée et gaie.

M. P. – Vous dites dans le film : « Que le monde aille à sa perte, c'est la seule politique. »

M. D. – Mais elle le vit gaiement, puisque, elle le vit en inventant des solutions personnelles à l'intolérable du monde, par exemple le fait de faire du stop tous les soirs en inventant sa vie.

Elle m'est complètement fraternelle, la femme du camion, c'est une personne pour qui j'ai de l'amour, ça ne m'est pas arrivé depuis *India Song*, je l'aime profondément, et autour de moi on l'aime beaucoup, cette femme du camion, qui évidemment n'est pas recensable dans la société actuelle, dont les staliniens diraient qu'elle est aliénée. Comme si l'aliénation en soi était une définition. Les écrivains et les gens libres sont traités comme ça. La liberté est traitée comme la folie dans la société. Cette femme, elle est libre, elle rit quand il lui dit : « Vous êtes une réactionnaire », elle rit quand il lui dit : « Vous êtes de l'asile psychiatrique », elle rit, elle dit : « Ah, vous connaissez ? » Comme s'il lui parlait d'un village qu'ils connaîtraient en commun.

M. P. – J'aime beaucoup aussi que dans le film vous disiez : « Que le monde aille à sa perte » sur ces longs travellings dans la zone industrielle des Yvelines.

M. D. – Tout s'est tourné entre Trappes et Plaisir, c'est-à-dire, en somme, la capitale de l'émigration en France. Je ne sais pas combien ils sont, peut-être un million ou deux millions dans le coin. Tous ces immeubles mortuaires que vous voyez ont été bâtis pour eux, c'est les bancs d'essai des architectes de Paris. Tous les Français se sont sauvés de là. Je dois dire aussi que les Portugais, dans les premiers temps, se sont sauvés des appartements qu'on leur assignait, pour aller retrouver leurs caravanes et leurs bidonvilles, parce que dans leurs bidonvilles ils étaient ensemble, le soir ils pouvaient manger ensemble, se réunir. Il y avait une véritable communauté dans les bidonvilles. On l'a détruite. On l'a remplacée par ces blocs que vous voyez dans le film, ces entassements fabuleux de places à vivre. À la place d'une caravane, maintenant, il y a entre sept et douze logements superposés. À Pékin c'est pareil, à

Mexico, à Madrid. Je préfère les bidonvilles, sans eau, sans confort, même si ça brûle, je les préfère.

M. P. – Mais on le voit ça, on le sent, ça, dans le film.

M. D. – On le voit, il y a des gens dans la lande, parce que c'est une véritable lande, non seulement autour des grands ensembles mais aussi autour des grands magasins comme Auchan, par exemple, qui font plusieurs hectares de superficie et où les Portugais, les Maliens, les Espagnols, les Arabes viennent dépenser leur paye entière, tout, c'est là qu'ils achètent tout, leurs meubles, leurs vêtements, leur nourriture, leur automobile, leurs enterrements, tout est acheté là. Tout est récupéré là, leur paye, leurs économies. Et ce que les émigrés bâtissent, c'est leurs propres logements, leur propre parquage concentrationnaire. Avant, les bagnards creusaient leurs tombes de la même façon. Pas un café, pas un cinéma. L'entassement du fric pour repartir, c'est leur seule raison d'être. C'est ça, leur vie. Les émigrés sont en train de crever de l'illusion du fric à l'instar des riches. C'est la terreur. De perdre, eux aussi, tout esprit de refus, de révolte, disons les mots : tout esprit révolutionnaire.

M. P. – Devant ces images qu'on connaît pourtant, car, ces environs de Paris, on les a tous traversés, là dans le film, devant ces accumulations démentes d'immeubles poussés comme des champignons, de marchandises, de trains, de camions, on prend conscience que le monde effectivement est déjà à sa perte.

M. D. – Oui, ça a commencé. Tant mieux. Tant mieux. Tant mieux. Je veux dire : on croit plus rien. On croit, c'est ça qu'on croit : plus rien. C'est une joie nouvelle : *on croit* plus rien.

LE LENDEMAIN.

M. D. – Quand je pense à mes autres films devant ce film-là, je me dis que c'est un film qui doit décourager de faire du cinéma *(Rires)*... dans un sens... Vous ne trouvez pas, vous ? Moi, je serais à la veille de tourner une histoire, je verrais ce film-là, je ne sais pas si je le ferais.

M. P. – Ah oui, décourager d'un certain cinéma. Ah oui, sûrement.

M. D. – Il y a quelque chose qui se termine pour moi avec ce film-là.

M. P. – Vous voulez dire une certaine narration ?

M. D. – Oui, c'est sûr, et puis je ne sais pas où je vais.

M. P. – Mais cette destruction de la représentation, elle était déjà commencée pour vous dans *India Song*, puis dans *Son nom de Venise* et puis là, évidemment, ça va encore beaucoup plus loin...

Dans *Image et Son*, en 1974, vous aviez écrit : « C'est à l'endroit du spectateur que se fait le cinéma. »

M. D. – Ah oui, c'était dans un article qui m'avait été commandé par *The Listener.* Celui qui vient de paraître dans *Le Monde* m'avait été demandé par le *New York Times...*

M. P. – Vous disiez : « Avant d'atteindre le film, le cinéaste en passe par un livre dont l'écriture n'aura pas lieu mais qui a valeur de l'écrit dans la chaîne créatrice. Il passe pardessus ce livre et se retrouve à la place de sa lecture, justement celle du spectateur. »

M. D. – Ça illustrerait complètement *Le Camion*, ça. Ce que je lis dans *Le Camion*, est-ce que c'était quelque chose qui était fait pour être écrit ou pour être filmé ? Parce que n'oubliez pas qu'à l'origine c'étaient des comédiens gui devaient dire le texte... enfin, un texte. Ils auraient dit un texte que je n'ai jamais fait, mais en principe ils auraient parlé des Vikings, c'est-à-dire que je suis partie du plus vulgaire. Il n'y aurait rien eu du tout à voir dans la campagne, et elle aurait dit : « Regardez, quand on pense que c'est par là qu'ils sont arrivés. » C'était parti du plus plat, enfin, du plus vulgaire. Souvent ça m'arrive, ça. Et puis, petit à petit, dans le projet, il y a des tas de choses qui se sont engouffrées... À l'origine, j'ai cru que c'était une histoire entre le chauffeur du camion et la dame. En fait, c'était une histoire politique. C'était aussi mon histoire avec la politique. À quel point ça a compté, à quel point ça a été décisif de tout le reste, je le vois maintenant que le film est fini. Je ne l'avais jamais compris à ce point avant.

M. P. – L'histoire de votre engagement politique ?

M. D. – Oui. Je peux dire maintenant, à partir de ce film que, du point de vue politique, la peur m'a quittée. Vous savez, comme on dit qu'on est débarrassé de la foi. Depuis dix ans, je croyais que la peur m'avait quittée, depuis 68. Ce n'était pas vrai, ce n'était pas tout à fait vrai. Maintenant, oui, elle m'a quittée. Je l'ai compris hier soir quand j'ai vu la copie du film en continuité. Je n'ai plus peur. Je n'ai plus peur qu'on me taxe d'anticommunisme. Le fameux axiome stalinien : « Si tu n'es pas pour nous, tu es avec eux », c'est fini, il me fait rire dorénavant.

M. P. – Dans le film, quand la dame tient des propos anticommunistes, il lui dit : « Ah, j'ai compris, vous êtes une réactionnaire », ou alors : « Vous êtes de l'asile de Gouchy », il n'y a pas d'autre alternative apparemment, pour le chauffeur. Vous dites, dans le film : le patronat et le prolétariat ont la même politique.

M. D. – Absolument oui. Toute la politique du P.C.F. depuis vingt ans, trente ans, c'est pour éviter la révolution. Parce que, d'une part, une révolution qui ne serait pas importée du modèle stalinien, les patrons soviétiques l'interdisent. D'autre part, il y a la peur de ne pas pouvoir maîtriser les courants de force libre qui existent de plus en plus en France, la peur de perdre la partie, de rater l'affaire face à l'imaginaire des peuples, à l'utopie, à la poésie, à l'amour. Comment maîtriser l'amour ?

En 68, tout ça ça a été complètement clair. S'il n'y avait pas eu les jeunesses ouvrières, le mouvement de 68 ne se serait pas produit. Toute la politique de la C.G.T. et du parti communiste a été pour empêcher la chose, tout le commentaire soviétique dans les journaux a abondé dans ce sens : « Seul le gaullisme peut sauver la France, et ces sales cons de Français croient qu'une révolution libre est possible », etc. Il ne faut quand même pas l'oublier, ça. C'est quand la C.G.T. a compris qu'il n'était plus dans ses moyens d'arrêter le printemps de 68 qu'elle a « pris le train » avec le P.C.F. Quelle horreur c'était, l'humeur C.G.T. et P.C.F., amère, jalouse, à l'opposé de toute fraternité – et ça dans cet océan de renouveau qui déferlait sur Paris, dans cet amour qui nous inondait. Ils étaient comme des morts. Je ne crois plus à la seule solution révolutionnaire marxiste en tant qu'elle se présente comme la seule solution. Jusque-là, l'aliénation de l'homme qui en résultait était de même nature – presque pire que l'autre, celle qu'elle combattait. Le militant du P.C.F., pour moi, je le dis, c'est un homme atteint dans sa liberté même, dans son sens de liberté, c'est un homme atteint du mal premier : atteint de pouvoir. Qui *impose* son idée.

Je crois à l'utopie politique, c'est-à-dire je crois profondément au mouvement d'Allende, qui est, depuis 17, peut-être la chose la plus importante qui soit arrivée, avec les premiers moments, les premières années de Cuba. C'est l'utopie qui fait avancer les idées de gauche, même si elle échoue. 68 a échoué, ça a fait un pas en avant fantastique pour l'idée de gauche, ce qu'on a appelé longtemps l'exigence communiste, mais qui dans la conjoncture actuelle ne signifie plus rien du tout. Il n'y a que ça à faire... Il n'y a qu'à tenter des choses, même si elles sont faites pour échouer. Même échouées, ce sont les seules qui font avancer l'esprit révolutionnaire. Comme la poésie fait avancer l'amour. Tout se tient. Il n'y a pas de poésie – vraie – qui ne soit pas révolutionnaire. Quand Baudelaire parle des amants, du désir, il est au plus fort du souffle révolutionnaire. Quand les membres du Comité central parlent de la révolution, c'est la pornographie.

M. P. – La femme du camion dit qu'elle croit toute révolution impossible.

M. D. – Oui. Elle le dit. Je le dis. Les esprits courts, les esprits faux, les esprits sans générosité disent : « 68 n'a pas abouti, donc c'est un échec », et 68 est là encore maintenant, complètement, c'est un acquis total, c'est complètement positif, même si ça a échoué. Le Chili, c'est complètement positif, même si ça a fini dans le sang. Il y a longtemps que je le pense, il y a dix ans que je le pense, depuis 68, mais je n'avais jamais osé le dire dans un film, oui, le dire ; maintenant dans *Le Camion*, je m'aperçois que je suis libre avec tout ça. Je peux passer de la politique à la Beauce, de la Beauce au voyage de la dame, de la dame aux marchandises transportées, à la solitude, à l'écriture, aux maisons qu'elle a habitées. Libre. Je peux penser, je peux dire librement que les pressions internes des eaux dans la terre et leur affleurement à la surface sont de même nature que l'avènement de l'homme à sa révolte, comment tout à coup son dedans devient son dehors, comment le subissement dont il est victime voit le jour. Je peux dire aussi que les mains des ouvriers qui portent les stigmates obscènes du travail, je n'ai pour elles aucun respect, de même que je n'ai aucun respect pour le travail ouvrier, aucun. On parle tout le temps de « se connaître », de « se trouver » – on se renferme en soi – alors que non, il n'y a qu'à regarder dehors, se laisser aller à regarder, libre. Voyez, c'est fini : les films politiques, pour moi, glorifient le mérite ouvrier et font des prolétaires des saints du travail, c'est-à-dire qu'ils glorifient l'orchestration capitaliste du travail. Les films dits politiques, je les fuis, je n'y vais jamais plus : pour moi, c'est ça, les films réactionnaires. Les films réactionnaires proprement dits, il n'y en a plus ; le cinéma en général croule sous les bons sentiments. C'est le plus prudent de tous les arts. Il faut se distraire de la logique politique, pour rejoindre la politique par d'autres voies. Si on reste dans ce bourbier rhétorique, on ne peut pas en sortir. Il devient une fin en soi.

M. P. – Dans le film, vous dites que la politique du prolétariat et du patronat consiste à mutiler l'homme de sa donnée fondamentale qui est sa propre contradiction.

M. D. – J'en ai parlé, de ça, mais comme ça, ça n'a jamais été enregistré. Quand j'étais au P.C., sept ans, huit ans, c'est complètement autistique, si vous voulez, j'avais retrouvé et le couple et la famille. Je m'interdisais toute sauvagerie, alors que je savais très bien que, lorsqu'on me donnait un ordre, de faire du porte-à-porte, de faire des prises de paroles, etc., je savais très bien qu'en moi il y avait quelqu'un qui criait qu'elle refusait mais que ce quelqu'un, cette contradiction, mon propre gauchisme à moi, je l'assassinais complètement.

M. P. – Vous vous censuriez complètement.

M. D. – Oui. La seule chose qui m'ait rassurée sur la révolution chinoise, c'est que je sais que maintenant il y a un gauchisme en Chine, enfin on le sait. Au P.C.F., je continuais à être dans une obédience familiale ou maritale et ce n'est pas un fait de femme, ça, parce que tous les membres du P.C. sont dans ce cas. Pour moi, maintenant, appartenir à un groupe politique, c'est l'équivalent d'une névrose ; c'est se loger quelque part afin d'être porté, c'est se mettre entre les mains d'une machine à porter. Vous êtes de mon avis ?

M. P. – Ah oui, totalement, mais il me

semble que vous parlez de ça dans le film d'une manière très claire, vous dénoncez...

M. D. – J'en parle déjà dans *Vera Baxter.* Par exemple, je ne fais pas un procès simpliste du promoteur Jean Baxter, qui est un salaud, un fantoche, un riche, un pauvre riche, quoi, je lui reconnais au moins l'humilité de le savoir, d'être persuadé qu'il est médiocre, que c'est un suiviste, qu'il ne fait que ce que les gens font, aussi bien gagner de l'argent que d'aller aux Baléares, tout ça. Parce qu'il y a aussi un racisme vis-à-vis des riches. Les riches ne sont pas que ça, riches. Personne n'est que pauvre, ou que riche, ou que menteur, ou que sincère, bon, mauvais, personne.

M. P. – Vous dénoncez aussi dans le film le racisme qui consiste à dire : il n'y a qu'une angoisse qui vaille d'être prise en considération, l'angoisse matérielle, donc celle du prolétariat.

M. D. – C'est ça. Ça fait trente ans que je vis là-dessous. Je dis dessous. Dans les premières années de mon appartenance au P.C., j'ai caché que j'écrivais. Cette lamentable culpabilité sartrienne, cet orgueil à l'envers lamentable, cette humilité orgueilleuse, je l'ai vécue, je n'osais pas dire que j'écrivais, je n'osais pas dire que j'avais fait l'université. On m'a appris à mépriser. À mépriser les réactionnaires, les trotskystes, à mépriser les riches, les écrivains, les intellectuels, les croyants, pendant huit ans on m'a appris ça. Regardez ce qui se passe avec Bardot, on dit à Bardot : « Ne vous occupez pas des phoques, mais plutôt des Noirs de l'Ouganda. » Or les phoques et l'homme, c'est pareil, la sauvagerie envers les phoques, c'est la même, elle est de même nature que la sauvagerie envers les hommes. Un des aspects de la bêtise spécifique de la gauche, c'est aussi ça, cette hiérarchie décrétée, discourée, à l'intérieur de la vie. Quel retard ils ont. Tous les peuples du monde, tous, sans exception, sont en avance sur leurs gouvernants. De même que le cinéma, partout dans le monde, est en retard sur son spectateur.

Remarquez, il faut en être passé par là pour oser, peut-être, pour revenir, comme je reviens avec *Le Camion.* Si je n'avais pas été au P.C., peut-être que je n'aurais pas osé, c'est possible. Du dehors, toute cette institution, cet ordre, cette obéissance, cet endroit mort où plus aucun vent de révolte ne souffle, ça reste impressionnant. Quand on y est allé, on voit le toc que ça représente, l'exploitation. Quand les gens de la réaction me disent : « Vous avez été stalinienne », je dis que c'est vrai, puisque je restais au P.C.F.

M. P. – C'est une des expériences très

importantes de votre vie, cet engagement politique ?

M. D. – C'est l'expérience même. Celle de l'amour. Croire que cet amour peut se traduire par le communisme. Et puis, c'est la dégradation totale de cet amour : le marxisme à son point de dégradation actuel, depuis sa maladie soviétique et aussi depuis l'extension, partout, de cette maladie : le marxisme comme moyen de pouvoir.

M. P. – C'est la fin de toute pensée personnelle.

M. D. – C'est la tentative de ça, je me souviens : j'en étais au point où je n'osais même plus aller dans une boîte de nuit. Un jour j'y étais allée et ça a été consigné dans le rapport d'exclusion : « A été vue dans les boîtes de nuit. » Je m'étais complètement enfermée dans des interdits de toutes sortes.

M. P. – C'est effrayant.

M. D. – Et une des choses retenues aussi, ça a été : « Vit avec deux hommes », c'est-à-dire l'homme que j'avais quitté qui était devenu ami avec le nouvel homme avec qui je vivais. Dans les points retenus contre moi, il y avait ça : vit avec deux hommes. Mais il y a une maladie qui consiste à rester, à rester quand même, à tout avaler. Je vais quand même vous raconter l'histoire de *Jaune le soleil*, parce que maintenant je veux qu'elle soit consignée. Quand j'ai fait *Jaune le soleil*, personne n'était payé. Il y avait Ricardo Aronovitch dans le coup. Un jour, il a été convoqué au syndicat interprofessionnel du cinéma et on lui a dit : « Fais attention, c'est une anticommuniste. Attention, parce que tu n'as pas encore ta carte de travail. Et puis, tu ne sais pas la vérité : la vérité, c'est qu'elle a touché trente millions d'avance sur recettes du C.N.C. et qu'elle les a "mis dans sa poche" *(sic)*. Vous n'êtes pas payés alors qu'elle a pris trente millions. » Ricardo a dit : « J'exige que vous téléphoniez immédiatement devant moi au C.N.C. Je prends l'écouteur, pour savoir si elle a touché cette avance. » Le C.N.C. a dit : « Non seulement elle n'a pas touché d'avance, mais elle n'a même pas fait de demande d'avance sur recettes. » Ça, c'est une tentative de meurtre, car si je suis capable de faire travailler vingt personnes pour rien en empochant trente millions, c'est que vraiment je suis bonne à tuer, il faut me tuer. Ils ont dit : « On s'est trompé. » C'est tout. C'est terrible de penser que l'exigence communiste de l'homme, la plus haute de toutes, aboutisse à cette crapulerie de fait. Je les crois capables de tout, sauf encore de tuer, parce que c'est encore dangereux en France. En Russie, non, ça ne l'est pas.

Ce qui se passe en ce moment, je parle de la victoire du programme commun, on l'interprète mal : au lieu de choisir entre une oligarchie financière désormais intolérable et le régime stalinien, les gens pour la plupart se sont choisis eux-mêmes : ils ont voté socialiste. Voter socialiste, c'est ne pas voter. C'est indiquer sa volonté d'éviter les deux exactions, les deux oppressions.

M. P. – Vous parlez aussi dans le film de l'isolement de la terre, dans le système planétaire, et vous dites que cela définit une nouvelle situation politique de l'homme.

M. D. – Oui. Ça a changé un peu. Elle parle du vide sur la terre. Elle dit : « Sur Mars, ils ont trouvé sur Mars des pierres et du vent. »

M. P. – Cette dame du camion, elle parle de tout dans le film ?

M. D. – De tout, oui.

M. P. – J'aime beaucoup quand le camionneur lui dit : « Vous parlez de quoi, à la fin ? » Elle répond : « Je parle. »

M. D. – C'est un des moments que je préfère, moi aussi.

M. P. – C'est-à-dire que le « de quoi on parle » n'est plus ce qui importe.

M. D. – Oui. Ce qui est proposé ici – mis

à part les moments de fulguration : il y en a une dizaine dans le film – est interchangeable. Elle pourrait tout aussi bien dire autre chose que ce qu'elle dit. Elle parle, elle est dans une création de tous les instants, elle est dans une écriture discontinue, sans fin.

M. P. – Vous disiez aussi, dans le film : « Place aurait été faite à l'erreur. »

M. D. – Oui, à la distorsion de l'information par chacun. Je l'ai enlevé, j'ai eu peur de charger le film d'une réflexion théorique.

M. P. – Même si vous avez supprimé ces phrases, ce qu'elles disaient est présent dans le film.

M. D. – Quand le chauffeur lui demande qui elle est, elle dit qu'elle ne sait pas répondre à sa question. Elle dit : « Si on me demande qui je suis, je me trouble, je ne sais pas vous répondre. » Donc elle est posée comme quelque chose qui se refuse à être cerné. À un autre moment, elle dit qu'elle sait savoir ne pas exister, en détenir une certaine preuve, elle dit : « comment dire, intérieure, interne », et elle dit : « c'est depuis que j'étais là-bas », on ne sait pas si c'est les camps de concentration, ou les Yvelines. J'ai moi-même ce sentiment, de ne pas exister.

M. P. – C'est pour ça que cette dame du

camion me fait penser à un autre de vos personnages, que vous aimez beaucoup, le fou dans *La Femme du Gange*, dont vous disiez : « Il a la tête comme une passoire, les choses le traversent. » Et, à elle, vous lui faites dire : « J'ai la tête pleine de vertige et de vent, quelquefois je dors, quelquefois j'écris. » Ce fou, cette femme, c'est l'écrivain, non ? C'est de cette manière que vous voyez l'écriture, vous dites souvent que c'est quelque chose qui vous traverse.

M. D. – Oui, comme un captage ; comme une fonction devenue folle, de captage du dehors, mais, encore une fois, qui en passe par l'engouffrement dans l'ombre interne, qui s'y noie, qui meurt à la mémoire claire et puis qui, un jour, sort, là, devant nous, évidemment méconnaissable, et recouvre le papier blanc. On voit une fleur un jour – une rose –, on l'oublie, elle passe par la mort – on la revoit ensuite, on la reconnaît, et on l'appelle Anne-Marie Stretter : le parcours de la rose depuis sa découverte jusqu'à ce nom, c'est la douleur, c'est l'écrit. Ce qui est douloureux, la douleur – le danger – c'est la mise en œuvre, la mise en page, de cette douleur, c'est crever cette ombre noire afin qu'elle se répande sur le blanc du papier, mettre dehors ce qui est de nature intérieure : les fous, je l'ai dit déjà, écrivent complètement. Leur mémoire est dehors : le fabuleux cheminement à travers les vents et les marées, les forteresses, les océans du vécu et la page à la fin. C'est peut-être un manque, un manque à soi, un manque à un devoir élémentaire qu'on a vis-à-vis de soi, je le crois. On a une vie personnelle très pauvre, les écrivains, je parle des gens qui écrivent vraiment. Cette dilapidation de soi, elle se fait dans un sens ou dans l'autre. Ils sont dans un manque total de vie personnelle, je ne connais personne qui ait moins de vie personnelle que moi. On me dit : Tu fais des trucs, tu fais des films, vous faites ceci, vous faites cela. Ça ne remplace jamais la vie personnelle. Mais cette absence, ou plutôt cette relégation de la vie personnelle, c'est aussi une passion. Même quand j'étais embarquée dans des histoires avant, si violentes qu'elles soient, ça a rarement remplacé cette autre passion de n'être rien qu'une sorte de mise en disposition totale vers le dehors. C'est difficile, quelquefois. Ce qui remplace le mieux d'écrire, c'est l'occupation matérielle. C'est pareil, quand je n'écris pas, je me lance dans ma maison de campagne, là, à Neauphle, et je travaille comme une brute. *(Rires.)*

M. P. – Ça, je vous ai déjà vue...

M. D. – Mais dix heures par jour, je travaille. Les gens qui se reposent, vous savez, qui lisent tranquilles, tout ça, je ne sais pas ce que c'est, je ne l'ai jamais su... enfin, non. Au bord de la mer, oui, quelquefois, et encore, je m'ennuie très vite au bord de la mer, au bout de huit jours, les bains de soleil, je ne peux plus.

M. P. – La dame du film, c'est l'écrivain ? On dit : « Chaque soir, elle arrête une auto et elle raconte sa vie à qui se trouve là, chaque soir pour la première fois, elle est plus ou moins écoutée, mais peu lui importe. » C'est l'écrivain ?

M. D. – C'est une collègue. *(Rires.)*

M. P. – Mais on a souvent l'impression que c'est une collègue très proche, que c'est vous aussi, la dame du camion ?

M. D. – Oui, mais moi comme le reste. Je peux très bien me voir comme le reste, comme elle, voyez. Je me vois comme ça. Quand je dis : « J'adore *Le Camion* », ou bien, d'une phrase du *Camion* : « Je trouve ça admirable » *(Rires)*, je crois que c'est objectif. Je trouve ça bien que ce soit sorti dehors, que ce soit écrit quelque part, hors de moi, de quelqu'un. Ça m'arrive à moi aussi, ça m'arrive beaucoup, beaucoup de fois, je parle avec les gens dans les trains, les avions, je fais la conversation avec les gens, dans les épiceries, les garages, dans les cafés, etc. C'est une chose à laquelle je ne résiste pas. Et ça, dans la peur. J'ai toujours peur qu'à un moment donné ils s'aperçoivent que je ne peux pas m'empêcher de parler et qu'ils pensent que je ne suis pas tout à fait, comme on dit, normale. Pourtant, je le fais toujours, et toujours dans cette même peur.

M. P. – Vous leur parlez de vous, de votre vie ?

M. D. – D'eux. De tout, des choses. De tout, de moi. Mais toujours dans la peur... D'ailleurs, souvent, les gens me regardent avec inquiétude et ils me quittent, ça m'est arrivé beaucoup, beaucoup de fois.

M. P. – Les gens n'ont pas l'habitude qu'on s'adresse à eux comme ça, sans raisons.

M. D. – Non. Sans doute. C'est ce qui arrive dans *Le Camion* entre la dame et le chauffeur. Par exemple, au lieu d'acheter un litre de lait tout simplement, je peux très bien leur dire : « Je me suis aperçue, à midi, que je n'avais pas de lait, après j'ai fait mon jardin comme il a fait beau, vous avez vu, et puis j'ai oublié de venir, alors excusez-moi, j'étais en train de faire ça ou ça quand j'ai vu l'heure », etc. Je sais que les gens ont autre chose à faire que de m'écouter... *(Rires.)* Mais c'est irrésistible, je ne peux pas m'arrêter quelquefois.

Je dois dire ceci : c'est que ce genre d'accident irrattrapable de la parole, ça m'arrive très rarement avec les gens à idées, les écrivains et autres. Je m'ennuie quelquefois, d'une certaine forme de l'esprit, mais ce n'est jamais des idées, je ne m'ennuie jamais des idées, j'ai beaucoup vécu avec des gens qui avaient des idées, j'ai été beaucoup grondée, censurée, j'ai reçu des masses de conseils et de reproches. Ce dont je m'ennuie maintenant, c'est de la liberté seulement, de toute liberté ; la liberté d'esprit en fait partie.

M. P. – Dans le film, il y a des thèmes qui reviennent.

M. D. – Il y a une permanence de thèmes, oui. Je ne sais pas très bien pourquoi ils reviennent très régulièrement. C'est le vent, par exemple. La mer. L'enfant juif.

M. P. – J'aime beaucoup toutes ces notations physiques dans le film, quand elle parle du vent, de la géographie des paysages...

M. D. – Quand je parle du pays du vent, où aucun arbre ne résiste, où tous les arbres sont massacrés, je continue sans doute un certain discours, mais déplacé. Je viens de rétablir le texte pour l'édition et je vois que je parle du vent tout le temps, de la mer aussi, loin et près, toujours forte comme une sorte d'image mentale constante, je pense que la mer c'est ce qui va venir, c'est ce qui va tout engouffrer dans sa pureté, je crois que c'est ça, le vent et la mer, parce que, pour moi, c'est le vent de mer.

M. P. – Et là on retrouve encore *La Femme du Gange.* Pour vous, le paysage de la fin du monde ou du début du monde, peu importe, c'est la mer. C'est une constante et dans vos livres et dans vos films. Dans ce film où on ne la voit jamais, elle est aussi constamment présente...

M. D. – Le plan tourné à Auchan, dans la zone industrielle de Plaisir, de nuit, bleu, on dirait de l'eau, je le vois comme un plan sous-marin. C'est le lieu d'où vient la femme du camion. C'est le lieu de l'absolue platitude, un lieu mortel, qu'est Plaisir, les Yvelines. C'est à partir de ce lieu qu'elle invente sa vie chaque jour pour la première fois.

M. P. – Et c'est ce paysage que vous choisissez pour parler de...

M. D. – De mes contemporains ? Oui. Il n'y a pas que la femme du camion qui est déclassée : le film est déclassé. On ne pourra pas me dire : tu parles d'un lieu bourgeois. De ces lieux-là, avec l'information actuelle, tout le monde peut en parler. Tout le monde peut voir ce que je vois. J'ai le sentiment dans le film d'être à égalité avec tout le monde. Je voudrais bien que *Le Camion* sorte dans des salles populaires. Pas seulement dans le 5e.

M. P. – La manière dont le film est fait rejoint la narration populaire, la tradition des conteurs, tout le monde peut entrer là-dedans, tout le monde est concerné.

M. D. – Je vous ai parlé des histoires de ma mère, des histoires qu'elle racontait. Elle me racontait que sa tante allait vendre des croissants et des pains au marché d'Arras dans une carriole à cheval. Elle me disait tous les noms des villages traversés, et que sa tante allait dans les champs et qu'elle faisait l'amour avec des gens qu'elle rencontrait, sous sa carriole, et que sa famille l'attendait. J'ai pensé souvent à cette femme. Je connais l'endroit, les grandes plaines à blé, avec des bosquets de temps en temps, et je vois la femme seule dans sa carriole. Dès qu'elle voyait un beau gars, c'était irrésistible, elle baisait. Et ma mère me racontait ça comme la honte de la famille, comme une chose qu'il fallait cacher. Mais, pour moi, la vie était plus forte que tout, et, ce qui se dégageait de ça, je l'ai tout de suite appréhendé. Quand Henri me raconte une histoire – il raconte admirablement, vous l'avez remarqué –, je ne l'oublie pas ; quand vous m'avez raconté l'histoire de votre grand-mère, je ne l'ai jamais oubliée. C'est peut-être ce qui se retient le plus fort, ce qui en passe par la parole, donc par l'individu.

M. P. – Dans *Le Camion*, c'est sans doute aussi une des forces du film, que vous n'ayez pas pris une actrice pour jouer votre rôle ?

M. D. – Mais, vous savez, si j'y pense complètement, je suis soulagée parce que j'ai l'impression, maintenant que le film est fini et que je ne peux plus revenir en arrière, d'avoir échappé à des dangers très très grands, le danger de la représentation, et le danger d'un film de fiction au sens où on l'entend d'habitude, c'est-à-dire avec un acteur et une actrice désignés pour jouer les rôles. Et que j'y ai échappé de justesse. Tout à coup, mes producteurs m'ont dit : « On est prêts, on tourne. » Je me suis jetée à l'eau. Je me suis dit, avec les dix millions de la Gaumont – ils m'ont donné dix millions –, qu'est-ce que je risque ? J'ai fait le film en me disant : si la copie travail n'est pas bonne, on arrivera à dix millions à ce moment-là, on ne fera pas de copie zéro. C'est dans ces conditions-là que j'ai fait *Le Camion.* Tous mes films sont faits comme ça, plus ou moins, mais là, encore davantage. Les dix millions de la Gaumont, je m'en fous. Voilà ce que je me suis dit. Et puis, petit à petit, ça a commencé à fonctionner, j'ai retrouvé la passion que j'avais pour *Son nom de Venise* et *India Song.*

M. P. – Je crois qu'on l'a déjà dit, mais c'est la première fois que je vois un film qui laisse aussi libre le spectateur.

M. D. – Oui, c'est de vous à vous que ça se passe, face à l'écran.

M. P. – Absolument. La femme du camion, ce n'est pas vous complètement, mais c'est aussi vous, Marguerite ?

M. D. – C'est moi sans doute aussi, autant que je peux être toutes les autres femmes.

M. P. – C'est ça dans le film, il me semble, vous parlez de vous comme d'une autre.

M. D. – Je suis quand même arrivée à ça, à parler de moi comme d'une autre, à m'intéresser moi-même, comme une autre m'intéresserait. À parler avec moi, peut-être, je ne sais pas. Parce que la peur que j'ai eue de la folie pendant vingt ans, trente ans de ma vie, là, elle ne me fait plus peur du tout, mais elle est dans le film. Elle y est. Pendant trente ans, j'ai eu davantage peur de la folie que de la mort, enfin il y avait une équivalence, et là, la peur est partie. Je peux même le voir du dehors.

M. P. – Dans le film, vous dites : « Les produits, les gens, c'est drôle, ça s'accumule, puis de temps en temps ça sort, ça va faire une histoire différente. » Vous m'avez dit que, cette phrase, vous l'aviez écrite à propos de l'écriture.

M. D. – Oui, j'avais dit qu'il n'y a rien en dehors du vécu, que toujours on écrit de soi, mais que de temps en temps il y a des parcelles de ça qui sortent et qui vont faire des histoires différentes comme des égarements, des particules, des parcelles, ce mot est mieux, et finalement je départage mal ; je vois bien comment je regarde dehors quand je voyage, je départage mal la matière de l'humain, je ne départage pas très bien. Je peux avoir de la peine pour un objet, ça m'arrive souvent, ça. Par exemple, si je pense à ma maison à Neauphle, en ce moment, ça me fait mal parce qu'elle est vide... Tout est matérialiste dans le film.

M. P. – Complètement.

M. D. – La façon dont j'aime les animaux, par exemple, le respect que j'ai des animaux. Je ne crois pas que j'en ai plus pour l'homme, voyez, pour les êtres humains, je crois que j'ai un égal respect, mais aussi pour les arbres... Quand on a coupé la forêt à Neauphle, je suis arrivée un samedi, je ne savais pas qu'on avait coupé quatre hectares, j'ai arrêté l'auto : j'étais sans force. Ils avaient coupé sans autorisation de construire, ils ont coupé peut-être trois cents chênes qui avaient six cents ans. Je ne pouvais plus bouger, j'étais complètement paralysée par l'horreur, comme si on venait de tuer quelqu'un devant moi. Enfin, ça rejoint ce qu'on disait de Bardot, je trouve ça épouvantable qu'on lui reproche d'aimer les animaux... Ce n'est pas un report que je fais sur les animaux, les animaux et le reste, c'est pareil. C'est ça qui remplace Dieu, cet amour-là. La fin de la religion, sans préférence, sans hiérarchie.

M. P. – Sans doute, je le crois.

M. D. – Moi, mes poules de Cayenne, c'est comme des oiseaux de paradis pour moi. Oh là là, je les adore. Je peux être une heure en train de les observer et je vois des choses extraordinaires, dont je suis certaine qu'elles existent, que ce n'est pas imaginaire ; presque un parler qu'il y a entre le coq et les deux petites poules.

Dans *Le Camion*, il y a un traitement d'égalité. La terre massacrée ça me fait aussi mal que le prolétariat massacré, et quand elle dit : « Splendeur d'une terre émigrée », je ne parle pas seulement des populations, je parle aussi de la terre qui est émigrée, avec les hommes dessus, le Portugal en France, le tout.

M. P. – Il y avait une journée de tournage à Chartres ?

M. D. – Oui. J'ai monté les plans, mais je ne les ai pas gardés – c'était superbe –, parce que la violence de la destruction de la terre émigrée est telle, son actualité est telle, qu'elle éclipse tout, si beau que ce soit. La beauté, ici, ce n'est pas la question. Et puis, d'autre part, il y a un vide tout le temps dans les images extérieures. Les images sont coupées en deux, toujours. Il y a l'image, en bas, et en haut le ciel d'hiver. Or Chartres remplissait tout l'écran. – Je l'avais voulu : donner Chartres à voir comme ça, sans aucune référence extérieure : la caméra ne quittait pas la pierre.

M. P. – Cette image extérieure, c'est comme la parole du film, c'est complètement ouvert.

M. D. – Mais je suis sûre qu'on peut faire des films à partir du *Camion.* Dans *Eden Valse*, il y a quelque chose comme ça déjà, les personnes y sont à la fois présentes et absentes. La mère est à la fois présente : on la touche, on peut la toucher, mais elle est en même temps dans une sorte de durée intemporelle d'elle-même, si vous voulez, elle est en allée.

M. P. – C'est sa fille et son fils qui racontent son histoire, en sa présence. La mère, on peut supposer qu'elle est morte déjà.

M. D. – On peut complètement le supposer, oui. Elle mime sa mort aussi.

M. P. – Mais ça, c'était déjà amorcé dans *India Song*, Delphine Seyrig représentait Anne-Marie Stretter plutôt qu'elle n'était Anne-Marie Stretter.

M. D. – C'est drôle, tout ça, d'où ça vous

vient, je ne sais pas, peut-être de la lassitude des récits qu'on entend, qu'on voit...

M. P. – Je crois que ce qui me plaît tellement dans *Le Camion*, c'est que ça parle de tout, à la fois.

M. D. – Le côté foisonnant ?

TABLE DES MATIÈRES

ŒUVRES DE MARGUERITE DURAS

LES IMPUDENTS (1943, *roman,* Plon, rééd. Gallimard, « Folio », 1992).

LA VIE TRANQUILLE (1944, *roman,* Gallimard).

UN BARRAGE CONTRE LE PACIFIQUE (1950, *roman,* Gallimard).

LE MARIN DE GIBRALTAR (1952, *roman,* Gallimard).

LES PETITS CHEVAUX DE TARQUINIA (1953, *roman,* Gallimard).

DES JOURNÉES ENTIÈRES DANS LES ARBRES, *suivi de* : LE BOA – MADAME DODIN – LES CHANTIERS (1954, *récits,* Gallimard).

LE SQUARE (1955, *roman,* Gallimard).

MODERATO CANTABILE (1958, *roman,* Éditions de Minuit).

LES VIADUCS DE LA SEINE-ET-OISE (1960, *théâtre,* Gallimard).

DIX HEURES ET DEMIE DU SOIR EN ÉTÉ (1960, *roman,* Gallimard).

HIROSHIMA MON AMOUR (1960, *scénario et dialogues,* Gallimard).

UNE AUSSI LONGUE ABSENCE (1961, *scénario et dialogues,* en collaboration avec Gérard Jarlot, Gallimard).

L'APRÈS-MIDI DE MONSIEUR ANDESMAS (1962, *récit,* Gallimard).

LE RAVISSEMENT DE LOL V. STEIN (1964, *roman,* Gallimard).

THÉATRE I : LES EAUX ET FORÊTS – LE SQUARE – LA MUSICA (1965, Gallimard).

LE VICE-CONSUL (1965, *roman,* Gallimard).

LA MUSICA (1966, *film,* co-réalisé par Paul Seban, distr. Artistes Associés).

L'AMANTE ANGLAISE (1967, *roman,* Gallimard).

L'AMANTE ANGLAISE (1968, *théâtre,* Cahiers du Théâtre national populaire).

THÉATRE II : SUZANNA ANDLER – DES JOURNÉES ENTIÈRES DANS

LES ARBRES – YES, PEUT-ÊTRE – LE SHAGA – UN HOMME EST VENU ME VOIR (1968, Gallimard).
DÉTRUIRE DIT-ELLE (1969, Éditions de Minuit).
DÉTRUIRE DIT-ELLE (1969, *film,* distr. Benoît-Jacob).
ABAHN SABANA DAVID (1970, Gallimard).
L'AMOUR (1971, Gallimard).
JAUNE LE SOLEIL (1971, *film,* distr. Benoît-Jacob).
NATHALIE GRANGER (1972, *film,* distr. Benoît-Jacob).
INDIA SONG (1973, *texte, théâtre, film,* Gallimard).
LA FEMME DU GANGE (1973, *film,* distr. Benoît-Jacob).
NATHALIE GRANGER, *suivi de* LA FEMME DU GANGE (1973, Gallimard).
LES PARLEUSES (1974, *entretiens avec Xavière Gauthier,* Éditions de Minuit).
INDIA SONG (1975, *film,* distr. Benoît-Jacob).
BAXTER, VERA BAXTER (1976, *film,* distr. N.E.F. Diffusion).
SON NOM DE VENISE DANS CALCUTTA DÉSERT (1976, *film,* distr. Benoît-Jacob).
DES JOURNÉES ENTIÈRES DANS LES ARBRES (1976, *film,* distr. Benoît-Jacob).
LE CAMION (1977, *film,* distr. Benoît-Jacob).
LE CAMION, *suivi de* ENTRETIEN AVEC MICHELLE PORTE (1977, Éditions de Minuit).
LES LIEUX DE MARGUERITE DURAS (1977, *en collaboration avec Michelle Porte*, Éditions de Minuit).
L'EDEN CINÉMA (1977, *théâtre,* Mercure de France).
LE NAVIRE NIGHT (1978, *film,* Films du Losange).
LE NAVIRE NIGHT, *suivi de* : CÉSARÉE – LES MAINS NÉGATIVES – AURÉLIA STEINER, AURÉLIA STEINER, AURÉLIA STEINER (1979, Mercure de France).
CÉSARÉE (1979, *film,* distr. Benoît-Jacob).
LES MAINS NÉGATIVES (1979, *film,* distr. Benoît-Jacob).
AURÉLIA STEINER, *dit* AURÉLIA MELBOURNE (1979, *film,* distr. Benoît-Jacob).
AURÉLIA STEINER, *dit* AURÉLIA VANCOUVER (1979, *film,* distr. Benoît-Jacob).
VERA BAXTER OU LES PLAGES DE L'ATLANTIQUE (1980, Albatros).
L'HOMME ASSIS DANS LE COULOIR (1980, *récit,* Éditions de Minuit).

L'ÉTÉ 80 (1980, Éditions de Minuit).
LES YEUX VERTS (1980, Cahiers du cinéma).
AGATHA (1981, Éditions de Minuit).
AGATHA ET LES LECTURES ILLIMITÉES (1981, *film,* distr. Benoît-Jacob).
OUTSIDE (1981, Albin Michel, rééd. P.O.L, 1984).
LA JEUNE FILLE ET L'ENFANT (1981, *cassette,* Des Femmes éd., adaptation de L'ÉTÉ 80 par Yann Andréa, lue par Marguerite Duras).
DIALOGUE DE ROME (1982, *film,* distr. Benoît-Jacob).
L'HOMME ATLANTIQUE (1981, *film,* distr. Benoît-Jacob).
L'HOMME ATLANTIQUE (1982, *récit,* Éditions de Minuit).
SAVANNAH BAY (1re éd., 1982, 2e éd. augmentée, 1983, Éditions de Minuit).
LA MALADIE DE LA MORT (1983, *récit,* Éditions de Minuit).
THÉATRE III : LA BÊTE DANS LA JUNGLE, *d'après Henry James, adaptation de James Lord et Marguerite Duras* – LES PAPIERS D'ASPERN, *d'après Henry James, adaptation de Marguerite Duras et Robert Antelme* – LA DANSE DE MORT, *d'après August Strindberg, adaptation de Marguerite Duras* (1984, Gallimard).
L'AMANT (1984, *roman*, Éditions de Minuit).
LA DOULEUR (1985, P.O.L).
LA MUSICA DEUXIÈME (1985, Gallimard).
LA MOUETTE DE TCHEKHOV (1985, Gallimard).
LES ENFANTS, *avec Jean Mascolo et Jean-Marc Turine* (1985, *film,* distr. Benoît-Jacob).
LES YEUX BLEUS CHEVEUX NOIRS (1986, *roman,* Éditions de Minuit).
LA PUTE DE LA CÔTE NORMANDE (1986, Éditions de Minuit).
LA VIE MATÉRIELLE (1987, P.O.L).
EMILY L. (1987, *roman,* Éditions de Minuit).
LA PLUIE D'ÉTÉ (1990, *roman,* P.O.L).
L'AMANT DE LA CHINE DU NORD (1991, *roman,* Gallimard).
LE THÉÂTRE DE L'AMANTE ANGLAISE (1991, Gallimard).
YANN ANDRÉA STEINER (1992, *roman,* P.O.L).
ÉCRIRE (1993, Gallimard).
LE MONDE EXTÉRIEUR, OUTSIDE 2 (1993, P.O.L).
C'EST TOUT (1999, P.O.L).

THÉÂTRE IV : VERA BAXTER OU LES PLAGES DE L'ATLANTIQUE – L'EDEN CINÉMA – LE THÉÂTRE DE L'AMANTE ANGLAISE – HOME *de David Storey, adaptation de Marguerite Duras* – LA MOUETTE *d'Anton Tchekhov, adaptation de Marguerite Duras* (1999, Gallimard).

CAHIERS DE LA GUERRE ET AUTRES TEXTES (2006, P.O.L/IMEC).

LE LIVRE DIT, *entretiens de* Duras filme (« Les Cahiers de la NRF », Gallimard, 2014).

CET OUVRAGE A ÉTÉ ACHEVÉ D'IMPRIMER
LE SEIZE JANVIER DEUX MILLE VINGT-SIX
DANS LES ATELIERS DE NORMANDIE ROTO
IMPRESSION S.A.S À LONRAI (61250) (FRANCE)
N° D'ÉDITEUR : 8062
N° D'IMPRIMEUR : 2600523

Dépôt légal : janvier 2026